音城

島嶼山海經

神話開始。
故事發生在相視的剎那……
在妳把我捧在手中……
在妳宣讀我命運的神諭前……
我墜入妳眼裡的深淵
美酒釀的
世界。

戀人啊！
在妳沉醉的世界裡，我是一名求道者！
戀人啊！
在妳孕育的城市裡，我是一隻
闖入的飛禽

——〈發生〉，葉士賢

心滿意足，我爬上了那座山
從那兒，你能凝視全城，
醫院，妓院，煉獄，地獄，監牢，……

在那兒，一切愚笨的事物綻放如一朵花。
你知道，啊！撒旦，我痛苦地護衛神，
我不是去那兒徒然啜泣，

而是像一個老情婦的老登徒子，
我欲沉醉於那巨大蕩婦，
她極惡魅力令我年輕，不休止地。
不論妳依然在凌晨的床單中昏睡，
氣悶的，幽暗的，感冒了的，
或是妳在傲然而行，在飾以黃金的夜幕中，

我愛妳，啊！汙穢的首都！娼婦們
和匪徒們，妳們常常奉獻那種逸樂，
庸俗門外漢所不能了解的。

——〈尾聲〉，波特萊爾，摘自《巴黎憂鬱》

歡迎進入我們愛的城市……

一個從卑微、頹靡綻放

的世界！

音城

島嶼山海經

入口是一雙眼
路通往的出口
在何方？

出口是一杯酒
舌頭是把鎖
幾滴昂斯調製的液體
解開禁錮靈魂的枷。
您將與酒氣相伴
你們一起憨笑
然後相溶……
您輕盈地走上隱形的台階……
（不……）
曾經您習慣跪爬，
雀步跳躍似於飛翔
所有輕蔑的煽笑　現在
都成為樂章……

……入口是一雙眼
那是從神話便存在的眼神
你，妳有，你們有，我有，我們都有。
那是愛的眼神！
以眼相對
通往你所愛！
返新生赴老死
人生卑劣不過輪迴路程之一段
通往你所愛！
返瞳孔赴下視丘
尋找那讓肌膚滿溢疙瘩之一切
通往
你所愛！

你遺忘曾經　展翅遨遊天際
但是你看見　蔚藍斑點吸引你
進入深埋心靈的俑道
你曾經遺忘　具有原始動物的野性
但是你看見　高舉你的手（像一位母親……）

相識的容顏……
你憶起有時回響耳際的輕嘆
但是你看見　奔逝飛揚的馬尾……
你有時憶起飄逸唯美的體態
但是你看見　擦肩而過的轉身……
你看見！你看見！你看見！
所有足以讓心靈悸動的
她，是巨大的母！睥睨一切
的女王！
你鼓起勇氣直視　然後
飛！　從眼神直往她的骨盆
孕育愛的原始之城

歡迎！歡迎進入我們的城市！
你。又一名求道者。
請先褪去羽衣
伸直那一雙纖細鳥腿
你赤裸
像一個人

「什麼是愛呢？」求道者問。

引路者答：
「愛　是慾望束縛的人性
譬如一個人自稱魔鬼
愛　是以病滋養的花
譬如一個人上了癮
愛　是筋巒頂上一朵雲煙
譬如寫小說的詩人

愛　是褪了顏色的漆
譬如一個畫家
愛　是步履過往的景
譬如一位旅人
愛　是瞎子眼中的光陰
譬如一個寡婦
愛　是聾子心中的曲目
譬如戲院前那乞丐

愛　是啞子吟嗯的故事
譬如賣藝的老人
愛　是走調了的音符
譬如一個女伶

愛　是你體內流出的世界
譬如娼妓
譬如一個高雅的情婦
愛　是巧妙的機率
譬如一個賭徒
愛　是妳
譬如異教的聖母
愛　是稻穗粹成米
譬如紀伯倫
愛是
神性賦予人……」

歡迎！歡迎進入我們的城市！
你。又一名求道者！
你將習得一個真理
神的賦予　然後
變成人……

目次

011　島嶼山海經——城音
027　壹・展翼視線在你身盤旋或耳際佇足
029　夜的歌劇院／十三　述
031　走音女伶／林禹瑄　飾
034　一、預言
035　二、保留席
036　三、舞台
037　四、路口
038　五、酒館
039　戲院前的乞丐／良　飾
042　一、軸心
043　二、觀星
045　三、潮汐
046　四、島

048 五、酒館
049 **寡婦／坦雅（*Tanya*）** 飾
052 撫摸，死亡紀事 （一）
053 （二）
054 （三）
056 （四）
057 遺忘之書——從天堂寄的信 **〈書影〉**
058 〈雲影〉
059 〈花影〉
060 〈幻影〉
061 黑色咒語
063 吸愛鬼
065 練習曲——給無緣的孩子
067 虛擬，三方通話
071 發生

075　貳・愛眼前是美眼裡是無限地苦
077　夜景／臨宵　述
081　畫家／臨宵　飾
084　一、底
086　二、宣示
088　三、祕密
090　四、我正前往你
092　五、淡化
095　癮者／馮瑀珊　飾
098　一、在雨夜，七歲：
100　二、癮癮作痛的命運
102　三、愛情，是一句美麗的遺言。
104　四、肚子裡的另一個我
106　五、買我的靈魂
108　六、痛，就是快樂

110 七、睡前的祈禱文
111 八、媽媽，這是旋轉木馬嗎？
115 **小說家／蘇家立　飾**
118 一、成為標點是很痛苦的
119 二、我想把你從問號變成驚嘆號
120 三、你倒滿了我靈感的小酒杯
121 四、我的左心室插著妳不要的鋼筆
122 五、到噴水廣場前聽一場月光的演奏
123 六、謝謝你用刪節號閱讀我的極短篇
124 七、我要成為火葬場的烏鴉替骨灰祈福
125 **叁．孕育的守護的一切壓抑的是母的原型**
127 **城市奇想／坦稚（*Tanya*）　述**
131 **聖母1／十三　飾**
135 **聖母2／十三　飾**
138 一、窮人之泉

二、以愛之名 140
三、苦難 142
四、信仰 144
五、祕境 146
娼婦／丁威仁 飾 149
一、無夢的沉船 152
二、噤聲的離去 155
三、酒館的旋律 157
四、暴力的間奏 160
五、不朽的意志 163
情婦／Ｚ Ｙ 飾 167
一、雨水和魚 170
二、水位 172
三、情緒世界 174
四、維多利亞單薄的祕密 176
五、她們無毒，曾經 179

181 老婦／龍青 飾
184 天黑黑
186 無岸
187 目睹
188 更幼小的
190 最後一夜

193 肆・我們入侵這座母城並充滿祂

195 日間的遊歷／坦雅（Tanya） 述
199 旅者／楊海 飾
204 城市製造的一切：磚塊與木材
205 城市製造的一切：湖水與小船
207 在每一座城市我遇見妳但遺失了名字
209 旅人：刀子
210 旅行者：世界與我
212 旅人：曾經去過的地方

213　旅人：而我只能不斷道歉
215　**魔鬼**／黑俠　飾
218　I
219　II
221　III
222　IV
223　V
225　VI
226　VII
228　VIII
229　IX
230　X
231　XI
233　**賣藝老人**／葉士賢　飾
236　當我世界進入妳的城市
240　我的技藝

243 妳是一段旅途
246 儀式
250 女人與老人

255 伍·潛入妳心解放的一種逸樂

257 酒吧／葉士賢　述
260 走音女伶
262 風兒來時我們輕輕搖
264 癮癮作痛
266 靈感
268 乞
270 稀釋
272 傷口
274 在全然的擁抱裡
276 沒有主義
279 霾

280 自畫像
282 魔鬼之歌
284 可不可以
287 賭徒搖籃曲
289 陸・尾聲
292 十三名集體創作詩人簡介
293 音樂工作人員名單

壹、展翼視線在你身盤旋或耳際佇足

夜的歌劇院

十三　述

廣場路燈一一亮起。寒風中，一排披著白光的樺樹，靜靜佇立在城市的河岸。一輪明月掛在東邊的樹梢上，月光灑落，彷彿一隻溫暖的手臂，撫摸著歌劇院的拱形屋頂。

那撫摸著劇院建築的白色月光，也同時撫觸著在建築四周走動的人們。包括裝扮雍容華貴的仕女，也包括衣衫襤褸的遊民。這是奢華與貧乏共存的城市一角。

穿著正式禮服的男士女士，正魚貫進入劇院休息廳，在這個以藝術和音樂欣賞作為包裝的社交場所裡，相互攀談。（遊民的身影已經隱去）。

融合了古典主義和巴洛克風格的長廊，大理石花紋地板和大理石階梯，在金色燈光照射下，彷彿是被女士們長長的裙擺搓摩過，顯得無比閃亮。富麗的門廳，四壁與廊柱上的雕塑，廊上的青銅雕像，水晶掛燈，精緻的天花板壁畫，極盡雕琢之能事，廊上鏡子與玻璃相互交映……愈深入紅色地毯的內部，愈是彷彿進入一個華麗的大型珠寶盒（鏡頭下的華麗盒子卻彷彿是個黑洞，深不可測，極易將人吞噬）。繼續拾階而上，進入表演廳，觀眾席紅色絲絨布的座椅整齊地安置在三層樓高的建築內部，氣派而高雅。

舞台黑色布幕的外側，管弦樂團團員早已就定位，各種樂器正在尋找共同的音調。音準最穩定的雙簧管，正對準調音器，以每秒鐘四四〇赫茲的頻率，吹出La這個音……

表演廳的燈光，在忽明忽滅的提示之後終於暗去。舞台上的黑色布幕慢慢升起……

走音女伶

林禹瑄　飾

走過那個街角的時候我想起他。那些年裡多少次我們在深夜穿過虛偽的談笑與一層層的華服，一起離開光影燦爛的劇院，走進黑暗的城市裡。那是經濟起飛的瘋狂年代，毀滅與嶄新僅一線之隔，每一區都有坑坑疤疤等著拓寬的馬路，每條路上都有瓦礫成堆的老房。我們總愛沿途踢著那些被惡意翻起的人行道磚，踩著彼此的陰影前進。那時節，愈是隳壞破敗的，愈接近幸福與光亮；整個城市就是一座劇院，華麗且蒼涼。

每次演出他總坐在二樓看台最靠近舞台的位置，從最不起眼的地方、以歪斜的角度鳥瞰全場，有一種低調的張狂。起先我裝作不在意，甚至常以背影對他，整場歌劇演完臉始終朝向同一方。後來他說那時他見我背影總感到開心，因為明白倨傲和冷漠其實都來自深深的在意。聽完後我把手探進他的口袋裡，沒回答他自以為是的解讀，他是聽歌的人，我是唱歌的人，我以為這樣就夠了。

我以為這樣就夠了，唱一首歌，有一個人懂，其他人丟上來的是鮮花或空瓶都無所謂。我以為那些午夜攜手逃離人群的默契，就足以讓我們在愈漸明朗的未來裡變得幸福。後來城市有了截然兩樣的面貌，他離開觀眾席，我離開劇院，每天經過仍然貼滿庸俗節目單的街角，有時候想起他。

我沿著寬大的馬路往前走，盡頭是一幢位處城市邊陲的酒吧，深色的木門藏在深深的暗巷裡。我還在唱歌，裡頭的醉漢總抱怨我走音，但沒有人捨得離開……

一、預言

「所有壞掉的鑰匙
都有不忍磨滅的本意……」
那個預言女人，我曾遇見
一張空白的紙牌裡
有最曲折的故事
我著裝、對鏡、仔細聆聽
將每次眼神對視
當成一場發聲練習
來回各種相似的音階
假裝平實、簡單，「所有邪惡的情節
都有溫暖的開端。」
我懂，我試圖起一個音
試圖讓自己單純
試圖沒有更多試圖
避開所有易於失準的音符
在眾多相似的紙牌裡
尋找最合理的劇情

二、**保留席**

我曾經望見你
在望遠鏡另一端
有小小的愛與等待
穿越人群如穿越一場暴雨
讓整座城市受災
成為最完美的廢墟
得以破碎，得以擁抱
一雙眼睛裡
最遠的那個席位
終於安坐下來的心

三、舞台

必然有什麼是隱隱的
比如暗夜裡一齣冗長歌劇
劇院門外，傘架上
陌生體貼的濕意
比如我遇見你
忽然有了過於堅定的決心
排演這些，排演那些
無關的日常都得到合理的脈絡
而隱隱疼痛，我行走其間
反覆推敲、踩踏
彷彿舞台上，經年受潮的木頭地板
隱隱霉黑、腐化
發出刺耳的聲響

而我們不敢稍動。散場之後
有人離開，有人持續困惑
留下我們成為多餘的場景
舞台上隱隱起了大霧

四、路口

還想說些什麼（分開以後）
對你，所有戛然而止的（錯過的鞋印）
情緒種種，細數途經（戲散之後）
還想有所寬慰（忽然記起的台詞）
蹲下來，更換視角（看見已然消失的）
尋找更為精確的比方（有完美的說詞）
關於沉默或不在場（換上嶄新的臉孔）
離開或不曾相識（說與不說）
我反覆唸誦你的名字（叩擊錯誤的音頻）
練習一種正確的讀音（假裝仍有完好的嗓音）

五、酒館

酒杯交換酒杯，菸交換菸
意識邊緣，夢境交換故事
在同一個夜晚，幸福與感傷
恨意與愛，同一首歌裡
擦肩而過，我曾遇見
所有惡意的問候
有善良的藉口，簇擁的吧台上
冰涼的心並肩而坐

用五首詩說完一個故事
用一輩子慢慢地死
找不回自己的房間，打開
酒館的門，假裝擁有鑰匙
黑暗裡與誰相遇
誰開始哼一首歌
擁有殘破的音節，音節裡
一種人生

戲院前的乞丐

良飾

我是個觀察者。人們走進戲院觀察別人，我觀察自己，與每個經過的眼神辯論自身的存在。

我是歌者，是演員，但我還沒有找到一個最好的角色，只能和你一樣，和大家一樣，有時仰望牆上的明星，有時模仿夢境。更多時我只是扮演街景，從不等待，從不錯過。偶爾有人停下，忘了自己正在演出的角色，此時我代替他們，顯露貧乏的一面。

我善於生活，善於施予。拒絕承認噩夢的孩童毆打我，害怕失去的商人驅逐我。只有看戲的觀眾接納我，在排隊進入誰的劇本前觀賞，爆米花和可樂永遠是悲劇最佳的夥伴。

我總不滿足所擁有的，但我十分感念，感謝天是藍的，感謝街上石頭不多。感謝那些還沒進入戲院的觀眾，儘管他們嚮往戲院，而我從不踏上舞台。我只是看著，看牆上海報又換了一張，數數一批又一批的羊群，看他們回應戲院的徵召。

等散場過後，羊群前往其他場所覓食，總有些念舊的羊拉喊旁人續緣，試圖趁酒醉複習人話。那是我最喜歡的場景，往往不忍眨眼，看他們蹄勾著蹄，向著遠方酒館的光亮搖晃，一邊嚼著街道一邊留下鈴鈴的歌聲，同我甩掉身上的灰塵起身，以一步之距跟隨於吵鬧的羊群身後，踩扁拉長的陰影。

一、軸心

我是流動的……
你是氣體的
時間是固體的
星期一是水
命運或雲

禱告就下雨了
我愈大聲
你愈貧窮
地球開始轉動
迷惑造海
人生而土
繞圈圈

二、觀星

每個人都喜歡天空
等待一顆流星，許願
成為另一顆星星

頭仰酸時低頭
看看自己胸口的夜
那裡有發光的痕跡
迷路時黑洞

我還沒有找到北極星
無法辨認大熊座或仙后座
命名一隻抓到的螢火蟲
浪費所有暑假研究它擬態的樣子

蟲第一天就死了
後來整個童年都去做什麼呢
跟著爸媽幫忙這打工這的吧

裝懂教弟妹作業和鬼混睡覺
盯完練習後愧疚和鬼混睡覺
問問題時大叫和鬼混睡覺
後來報告是用什麼代替了呢
草稿丟了還是媽媽收起來了
想找什麼就一定找不到
一直亂糟糟的
缺乏安全感也活到現在

後來總忘記自己說過的話
為了改錯再許一個願望
沒有辦法只好虔誠信仰
為了回家繼續等待
胸口有流星劃過
地圖又再完整一些

三、潮汐

試著原諒月亮
試著去愛土地
試著不勉強認識
每次後退多一些默契

練習與人交往
不忌妒他的飽滿
一再學習欺騙自己
一說謊就淚流

我是潮汐
願望是你
成熟是記得退潮
愛是所有言不及義

四、島

開始專心成為一種星星
定時定點定焦練習
追尋你的軌跡開始流浪
從海固化成島
從島長出河流繼續思念

祈禱一次長出一根背刺
失望太多開始結繭
每次下雨山就長高一點
綠是血的相反
我以為樹不會往內生長
刺穿了才能呼吸
證明海，我
是一座活著的島

（那些欺騙神明的光又是什麼呢？）

我的體內諸多矛盾
像我這樣潮濕的島
每夜仰首記錄星象
寫下所有座標仔細推敲
混沌其方向以及關係
相對而絕對的我們入座
白晝看不清時
某些信眾開起戲院供養
星空繪製成土地的毛孔
我在入口測量光度，香火
似真似假的都成日記
錯了也是對的
有的星星忘了回家
門開了戲就一直亮著

五、酒館

請為我說一個故事
為我演一場玫瑰的戲
我想認識你但不更新我的座標
你只能發光滿足我
貧乏的知識與無盡想像
以一句一句的祕密接縫
我們偏離的誤差至小數點後
為我們的孩子蓋一座家
為了屋頂暫時忘記觀星
為了牽手放棄所有靈感
為孕育一顆星球浪費
說愛就醉到底讓自己妒忌
生活的碗始終太深
只好酗酒忘記餓
複寫你經過的風景來
滿足小小的心願與
欠下餘生的債

寡婦

坦雅（*Tanya*）　飾

公婆說我是一個被詛咒的女人，祭品卻是我的先生。我在婚後第三年成為寡婦，腹中的胎兒被強大的悲傷圍剿，終至棄械投降，還沒見到希望的太陽，就縮回更深邃的黑洞。從此，世界跟我劃清界線，我在罪惡的淵藪難以翻身。

寡婦。這嶄新的身分咬住我，像一隻訓練有素的猴子。牠的嘴密合我的傷口，像量身訂作的疼痛。我想掙脫，牠卻叫得比死亡更淒厲，牠顯露一張滑稽的臉，深諳悲劇的最高境界。

而真相總是嬌弱的、乏力的，謠言卻搧著一雙健全的翅膀，輕易便能飛進院子。輿論與輿論交配，生出更難堪的枝椏；訕笑的種子落地生根，綻放的花朵都有大嘴巴。流言蜚語在生活中繁密成書，越來越厚，從平裝版升級到精裝典藏版，而且還非常暢銷！但我迴避閱讀任意篡改的文本，拒絕加入三姑六婆的讀書會。

自那場意外的葬禮後，我被排拒在人際以外，即使我仍渴望情感流動，也該認份的將它視為陪葬的藍寶石，永遠留在黑暗的棺木中。

但我不甘心永遠披掛一身黑，我還想與繽紛跳舞，穿鮮紅的裙子，露出柔白的腳踝，任旋律划開輕巧的鞋，一艘艘小船在湖面搖曳春天……我還想在溫暖的臂彎祈求一個孩子，一個目光如星、膚質如雪的小天使。

這是夢。至少夢不會背叛我的意志。我常做夢，夢裡的我很自由，夢外的畸形罪狀在夢裡得到平反，那些被命運格式化的形象不復存在。我無需擔憂別人的眼神，輕易便掙脫沉重的枷鎖，從牢房釋放尚未枯萎的浪漫。

有一天，我從夢裡走進一間酒吧，看見一面鏡子，反射另一個夢的入口……

撫摸，死亡紀事

（一）

雪是天空的簡訊，
潔淨的文法潛藏激情，
像某種徵兆，隱隱不安，像野獸
靠近，亮出死亡的爪，
撕開晨霧，城市誕生一張奇異的臉。
黑炭，黑咖啡。黑貓，黑眼珠。黑店，黑天使。
陰影加深輪廓，惡耗滾成雪球，
沉默是最聰明的翻譯。

雪地的流浪狗被饑餓逼瘋，
夢，還原一根肉骨頭。
烏鴉恰巧飛掠公園，
像突然撐開的黑傘使大地屏息。
兩片雪花各擁祕密，
驟然的際遇充滿戲劇性。
雪融的赤裸告白太骯髒，
眼前的泥濘構築難堪的場景。

（二）

我讀到破碎的句子，並試著拼貼
原意。我認識不完美的事物，卻免不了
逃避真相。雪在飄，愛已乾涸。
我的心降為一級貧戶，
翻本的機會被風雪覆蓋，
新鮮的哀怨密合此刻的思想。

時間並不理會我的痛苦，它踐踏、
煉製另一層次的雪。
在命運未知的巷弄，鐵匠捶打彎刀
迸射火光，冰與火撞擊。
在人生的暗夜行走，逝者
竟朝我展露孩童般的笑容。

（三）

雪是謊言。
葬在雪中的幸福辭彙無法再造。
他笑著說：
「親愛的，死神驅逐所有的形容詞，
　現在我是一首空曠的詩。」

——他是亡夫。
　　他，是情人。
　　　他是，影子。

詩是謊言。
死在詩裡的魂魄一片空白。
他笑著說：
「親愛的，死神宣傳極致的冷，
　現在我是一場暢銷的雪。」

——他是影子。

他，是情人。

他是，亡夫。

（四）

我內心的島正在下雪，每走一步便蒼老一吋。
我正慢慢流失一種叫做安全感的東西，
厭惡活潑而無邪，大寒也不能凍結眼淚。
誰說喪禮過後便可以重生？事實上
幾組慣用詞語就能將我帶回墓園。
時間遺棄溫暖的肉體，任它腐爛後飛出一隻強健的鷹。

我拾起老鷹掉落的羽毛，插滿日子的縫隙，
在愛恨折磨中耗盡希望。我掉入
最深的黑暗，即使最猙獰的光也無法穿透。
於是我假裝閱讀這難解的神祕現象，
死亡牽著風檢視囚房的書目，
孤獨的指尖摩擦雪的憂傷。

遺忘之書——從天堂寄的信〈書影〉

親愛的，
生命堅決在我眼前斷句！
死神耍帥般剔除我，剪裁
我，就像撕掉蠹魚爬行的書頁。
多想再聽妳朗讀一遍
我們相遇的故事，當時那麼天真，
輕易便許諾永遠，在快樂跟前
我是翻騰的字浪，是夾入妳日記的佳句。

回想過去，幸福、自私、愚蠢
似乎是我全部的作品，
妳卻為我圈注芬芳，為我彙整笑容。
我們文本互涉、交相佐證，
我的身體綿延著妳曲折的山水。
妳是頂級的詞、舌尖上的舞，
如今，我面目模糊，妳仍妍麗，
我恨這分歧。

〈雲影〉

親愛的，我躺著，
用眼睛臨摹雲朵，雲朵為我複製游移。
我躺著，世界的腳印蓋在身體兩側。
我看見空中揚起灰塵，
像諸神歡樂過後的杯盤，像剩菜剩飯。
我看見，一朵成形又潰散的雲，
本質虛幻，消失才是真相，
妳在裡面，豢養一池希望。

我抓住可怕的回音，我變成遙遠的水滴，
一份餿臭的記憶，被倒掉的機率逐漸增大。
時間草率凝結肉身的氣候，
我曾領受的溫暖已成過去式。
一隻鳥飛行於藍天，白色床單突然劇烈湧動，
或許是最後一瞥了，我感覺暴風圈逼近。
妳的眼神聚攏黑色素，請記住
我的愛是唯一的遺產。

〈花影〉

親愛的，
此時思想綻放、形體衰亡，
一個人的繁華和湮滅同步展開，
路，已經掃淨了——
體內的惡、祕密的果、寫實的春啊。
鬱金香凋零，幸福剝了一層皮，
花瓣垂落一場欠理想的夢，
生活被扭傷、被重設、被改造。

妳一直是我的花園。
給妳的生日禮物還放在書桌右邊的第三個抽屜，
原本的驚喜卻變成掃興的萎靡。
我有什麼權利牽絆妳？如果棺木是我唯一的歸宿。
我有什麼理由限制妳？如果愛是足以豐饒的土壤。
我的立場依舊煙霧，短暫一生，
不甘、不捨，恨意抵達顛峰。
造一座山讓我滾下，遺忘所有。

〈幻影〉

親愛的，妳活著，
但不必感到愧疚或羞恥。
妳活著，把我留在最深的夢境，
那裡有一本書，打開它
屬於我的情節將自動消失。
再好的書也會讀完，最後一章、最後
一頁、最後一字。我
不再被唸出……

我的生命因妳而彰顯，
妳的快樂不需我的批閱。
妳，自由了。
我的靈魂振翅，我的皮囊傾向骷髏。
我踏著激情的河流，最後一次呼吸妳，
不再索求。風，
停
了。

黑色咒語

惡夢是毒瘤，腫脹夜，疼痛房子。
醒來後，我決定離開它擴充的領土，穿上紅鞋，踩響賴床的城市。
祈禱清晨沒有夢的渣滓，公園沒有松鼠戲弄哀愁。

太陽無視於蜘蛛結滿繁密的嘲諷，
放任露珠扮演騎士，在葉片上奔馳時間。
河水與無數個昨日同步悔恨，橋梁沉默地伸出諒解的雙臂。

於是，我介入模型的秩序，繼續往前——

此刻，城市尚未喧譁，教堂的大門只敞開微微的縫隙。
聖潔的空氣包圍各種可能性，但世俗的困惑不會因此消失，
就像不斷重複的霧，不斷成形的建築。

商店的眼睛仍閉著，迴避過敏性光源。
世界只剩陰影，明亮的主體隱藏在深深的惡運中。
我的皮膚長出孤獨的斑點，是飛鳥經過，做記號。

塵埃不停裝飾風景，我謹慎移動，像一句無辜的黑色咒語。

凡我經過，人們都成啞巴。我晃悠痛苦穿越他們——
暫歇的聲音立刻在背後串連，鞭炮忽然炸開，巷弄立刻變成懸崖。
我是罪孽的斗篷飄過泛道德的地毯——被頒獎，被注目，被定向。

疲倦裸裎躺在大街，轉角的販賣機突然掉落一些舊錢幣。
那是用罄的幸福額度嗎？我已無法確定自己是誰？將去哪裡？
我曾是愛的共犯，然而，花開的喜悅已遭嫉妒的黑手扣留。

鐘聲，迴盪沉悶。請坐下，兌換無處不在的愛與死。

有多久沒和仁慈聊天？我懷疑有誰真正想聽缺席者的心聲？
或許，世界才是永恆的寡婦，在崩塌的洞穴中生存。
沒有悲憫的日光可供照射，沒有信仰的匾額可供榮耀。

貪婪仍趴在行道樹上俯瞰醜陋的真相。我的雙腳被命運抓住，
貼上社群最寒冷的標籤，販賣人間無望的偶然。
我的表情逐漸冰雪，心，逐漸荒原。

吸愛鬼

與喧譁絕裂，墜入語言的深淵，
練習遺忘，活得像廢棄的美術館。
太多規矩，卻模糊測量物，
太多界線，卻失去踰越的海岸。

練習遺忘，活得像廢棄的美術館，
唇如紅酒浸潤的瘋狂，連吸血鬼也禮讓三分。
太多界線，卻失去踰越的海岸，
慾望自心底抽芽，在你的眼神詭祕開花。

唇如紅酒浸潤的瘋狂，連吸血鬼也禮讓三分，
世界正旋轉、旋轉，沒有一顆星星可供參考。
慾望自心底抽芽，在你的眼神詭祕開花，
愛唯有滅頂、滅頂，世人才能看見水紋的警告。

世界正旋轉、旋轉，沒有一顆星星可供參考，
孤獨不會因此單純，像童年上緊發條的玩具。

愛唯有滅頂、滅頂，世人才能看見水紋的警告，
帶電的波濤無限洶湧，連鯨魚和龍蝦也無法自律。

孤獨不會因此單純，像童年上緊發條的玩具，
道德一詞容易吸引敗德的靈魂，背叛向來與忠貞孿生。
帶電的波濤無限洶湧，連鯨魚和龍蝦也無法自律，
你是絕對的路人，是身分以外的精緻垃圾。

道德一詞容易吸引敗德的靈魂，背叛向來與忠貞孿生，
太陽像箭矢插滿全身，回憶拔出癱瘓的名字。
你是絕對的路人，是身分以外的精緻垃圾，
我用烈火還原自由，自由像塵埃落下後再度消失。

練習曲——給無緣的孩子

揣想你有深褐色的眼珠，睫毛捲翹
濃密，在漫長時間的另一頭
有一幢水藍色的房子收留你，
你的夢模擬著胖胖的木棉飄落……

我常夢見你，在月光砌的牆上微笑，
我感到血脈震顫，流動，
眼淚滴出珍珠，悉數典當給夜晚，
交換懷抱你的片刻。

揣想你有療癒的嗓音，唱響
鮮嫩的靈魂，將無形體的遺憾彈成
蕭邦。我躲在休止符旁哭泣，
看你在宇宙深處奮力呼吸……

彷彿一把刀刺入心臟。
你始終純潔，我卻怕邪惡吞噬陌生的

自己，怕夜太涼、星星太閃亮，
你徹底忘記我的體溫。

揣想你是四季的小精靈，永恆存在。
如果我認養花草，便等於撫養你，
如果我讚美天空，雲朵立即排列你的舞蹈，
為了煎熬，我必須如此信仰……

搖籃裡是太陽，殷紅的世界咬著樹葉疊成的
票根，咬著風，咬著清新的空氣，傷口塗上蜂蜜。
太多災難拉垮彩虹，你站在遠方向我招手——
旅程一切順利。豐盈的翅膀，漸漸茁壯的鳥。

虛擬，三方通話

寡婦：我預知星光購買夢。
亡夫：我想夜夜顯影於妳的帳簿。
夭兒：我存在？

寡婦：我在孤獨的甕裡儲存雨聲。
亡夫：我跋涉到另一個世界，靈魂又餓又累。
夭兒：我打嗝。

寡婦：我是悲傷的粉末滲入黑暗。
亡夫：我掉進時空的棺木中。
夭兒：抱抱！

寡婦：我擁抱空無猶如暗夜航行。
亡夫：我呼喚妳藉以解除水妖的魔咒。
夭兒：星星是發光的謎語。

寡婦：鯨豚與我共享思念的海洋。
亡夫：貓卻跳過我的墳。
夭兒：我長出翅膀了，是正牌天使。
寡婦：我想退潮，在乾涸的廢墟托高月的額頭。
亡夫：讓我掀起妳純潔的面紗
夭兒：赤裸是我的風格。

寡婦：持續在城市邊緣張貼尋鬼啟事。
亡夫：眼淚滴出新詞，我感到諷刺。
夭兒：版權所有，翻印必究。

寡婦：我反駁自己的存活。
亡夫：我死在自己的敘述中。
夭兒：我是一首未完成的詩。

寡婦：如果可以，我想用一生來練習告別。
亡夫：悔恨是我在陰間唯一的行李。
夭兒：親親。

寡婦：縱身躍入詭譎的辭典。
亡夫：腐爛的肉體將在索引中更新意義。
夭兒：不知「死」「活」就是我的寫照。

寡婦：你們的形影始終在我的心底飛翔。
亡夫：妳該拆除孤立的圍牆。
夭兒：時間，請給我一包跳跳糖。

寡婦：痛苦是一枚刺青，留下清晰的圖案。
亡夫：希望妳像蝴蝶在花香中痊癒。
夭兒：無拘無束是我的胎記。

寡婦：慾望指認我的膽怯。
亡夫：我無力阻擋夢遊般的妳。
夭兒：帶我去旅行。

寡婦：從此我拒穿愛的囚衣。
亡夫：妳是鏡子裡漸漸遙遠的海。
夭兒：此路不通，請改道。

寡婦：期許夢的袖口能伸出太陽。
亡夫：放心！冷凍船隻不會停泊在妳的餐桌。
夭兒：要嚎哭幾遍才能趨近真實？

寡婦：我用灰燼的自己復燃——
亡夫：我用破碎的自己拼湊——
夭兒：我，沒有歷史——

寡婦：愛？
亡夫：愛。
夭兒：愛喲！

發生

那時，
流浪漢從賣藝老人的攤位經過，
手風琴的餘韻彈打著風。
小說家咬著雪茄順勢穿越音符，
到彩虹街購買一疊新鮮的雨。
止不住的小道消息如葉片翻飛：
「賭徒輸光黃昏的雲彩，
落魄的在石橋上跟螞蟻下棋。」

從何時起？盲人與狗
成為大街上最清澈的風景。
亂象逐漸成形，
黑暗與明亮出現參考值——

你看，
吸毒者顛倒日夜抽搐著爛透的生活，
舞孃的舞步暫時鬆了螺絲，

旅行者還在中途記錄第一〇二棵樹，
自稱魔鬼的人右肩卻站著一個柔美的天使，
老婦人剛剛買了一斤青菜、幾顆洋蔥，
妓女卸妝後像一塊脆弱的豆腐，
戲院負責供應過期的台詞，
乞丐大膽的向路人乞討一點點關注

人間醜態我看夠了！
（因此罹患乾眼症?!）
我幾乎是一個被刪除的詞，
視野劃滿紅絲，
傾向孤獨，爭取行動的自由，
卻連聖母也不敢擔保。
莫名的恐慌抓住我的手，
將我拉往未知的地方。

慾望的高跟鞋已失去夜晚，
夢裡夢外，我皆一無所有。

酒香刺鼻，我驚訝自己站在一面巨大的鏡子前，
驚訝我開始審視「另一個女人」：
「這幽靈的配偶穿紅色紗裙，掩飾死亡創傷後遺症。
她佩戴藍寶石項鍊，突兀的神祕像極棺木的守護眼。
她的存在是命運的玩笑，是遭遇的意外凹槽。
她拒當時間的情婦，寧可捲曲成廢棄的紙玫瑰。」

鏡子吸納碎語。
在意志的上游，我縱身一躍……

2013/3/25初稿
2013/4/22一修
2013/5/15二修
2013/9/15三修

貳・愛眼前是美眼裡是無限地苦

夜景

臨宵 述

夕陽從城市的側邊滾落後，夜就迅速地籠罩在大地之上，但城市反而比白天更美更耀眼地閃爍在夜的懷抱之中。大樓一幢一幢地亮起了顏色不一的霓虹與燈光，路上車子或緩或急地在車陣中以規律的頻率跳動著，馬路邊或等紅燈或行走的路人依舊繁忙或漫無目的，形成一幅與白天有著不同風味道的圖畫，而夜則賦予了這幅圖畫更多的神祕感。

百貨公司門前一堆等待或休息的人們與一排排同樣等待著載客的計程車形成一動一靜的對比、車子一來一往地魚貫在地下停車場，接駁車在指定地點中規矩地站好等待著肚子裝滿食物。地下美食街沒有一刻是安靜的，炊煙與濃郁的味道交雜在空氣中被人們穿越，而座位總是熱著的，像不停飄出的咖哩味、牛排味、薯條味……。

夕陽未沒入地平線前的夜市已經忙碌起來迎接稍候接踵而至的客人；大地迅速換裝後，人潮就開始湧入，招徠客人的叫賣聲此起彼落：強調性能的拖把、掃把、菜刀、鍋爐佔據在夜市的各個角落；闔家皆宜的小遊戲攤位前總是看得見因家長不准玩而哭泣、吵鬧、僵持的畫面；人氣小吃前的排隊人潮也是一波接著一波，不管是雞腿捲、大魷魚燒、清蒸臭豆腐、爆漿雞蛋糕、傳統常見的蚵仔煎、炒麵炒飯、藥燉排骨……人們大快朵頤的神情總是透露出幸福的確定感；賣衣服的攤位前也總是圍繞著嗅出時尚味道的美女們與媽媽們，以不若專櫃高價的中低平價買得最新的流行服飾；散發出陣陣濃香的精油攤前則讓夜市在異國風味的濃香之中顯現出不同的風情。

尋常的住家則透出寧靜感，與安靜的路燈在巷弄中拔河，偶爾呼嘯過的摩托車總會伴隨著一兩聲急吠的狗聲、傳來電視聲過大聽得見的八點檔劇情、因棒球轉播賽時而拍手時而怒罵三字經的聲音、媽媽吼喊小孩的爆炸聲……在巷弄中迴盪，而晚餐後坐在自家門前與路過的鄰居交談閒聊，並在適當時間中剛好地隱入進垃圾車的祈禱音樂裡。

晚餐前後的公園聚集著乘涼或休憩的人們，或是外勞推著年邁的老人吹夜風以及與同胞趁機敘舊聊天交換工作心得；繞著公園外圍跑步的人，一步一步地搭配著呼吸，韻律在跳動的風景中；遊戲器材前一堆父母、爺爺奶奶們與小孩子一同玩樂、或是坐在一旁涼椅上目不轉睛或看書或與人聊天；球場上打球的學生們則揮灑著汗水與活力。

大樓的窗在夜一來臨則亮起了一盞盞的燈光，經過時偶能聞得幾絲家常菜的味道，管理員頻頻與陸續返家的住戶打招呼以及聯絡大樓注意事項，或是坐在活動空間有限的管理室中同步觀看著大樓附近與地下室監視器和電視新聞。

而在燈光稀落處，抬頭就能望見星子，繁星不曾遠離過，只是燈光太強的時候，不易在一幢幢綴滿霓虹的大樓中看見。

只剩依稀幾聲突兀聲響時，夜便已進入了深之中，街道商家皆以滅了燈火，只剩招牌燈伴著路燈，與夜持續地大眼瞪小眼。而月光往往在此時才會完全地從夜之中透出來，露臉相見。而不若日間的朦朧感便層層籠罩在城市四周，與夜互為結界，使這份夢幻感像鬼魅似的，遠遠地，像團半透著光的圓球狀，獨自柔和著城市才懂得的煙霧。

畫家

臨宵　飾

人生是充滿邪念威脅的地方，我隻身離開一切來到陌生的城市學習如何與之抗衡，但這麼多年了，我除了身無分文以外，一無所得，只能在這個城市把我曾經引以為傲的才能，拿來換取食物以便繼續活下去。當晨曦喚醒我的同時，也喚醒了我對這個人生與這副軀體的怨念。

揹起畫具，它們總是提醒我要為目前的處境發自內心的懊悔，我臉上的疤和手臂上的燒痕都在在地告訴我不可以單單只是懊悔而已，我還必須恨、用力地恨，才對得起此刻我淪落在陌生的城市裡只為了換取三餐溫飽所受的委屈。我又該怎麼告訴自己，恨的反面其實也飽含濃厚的愛意。

一場火無情地燒毀了我二十五歲的那年秋天，父親與母親的哀叫一直在夢裡輪番凌遲我，我已經忘了一切是怎麼發生的，但我決計忘不了給了我這一切卻又奪走這一切的主謀。倘若，我必須孤獨地在走在這條路上，又為什麼給我二十五年的歡樂，致使我苦無振作的動力，午夜夢迴，最怕聽見了熟悉的聲音卻怎麼也無法喊出來回應的痛苦。

時間走得越久，記憶就越模糊，只有孤獨是愈發清晰地日日在面前與我照見，我也開始長得像起了人群中，那始終模糊卻滿身傷痕的雲煙了。

走到了酒吧門口，在慣常的位置上擺好畫具，等客人上門，一整天下來，等到的只是一群人在夜幕下上演著一幕又一幕吃醉酒的戲碼，今夜好像特別熱鬧，我專心地畫著面前的畫，一個臉上有疤、雙頰凹陷、短髮的女子，背景暗紅夾帶鮮黃襯底，穿一件與背景相似的暗紅色長裙，如果人生充滿了邪念，我必須與之對抗。

一、底

人生不能塗改，煙點燃後
只能更改途徑，你不必懂
我的畫向也不是用來懂的
城市一直靠著喃喃自語打造形象
我想念你、想念色彩簡單、
幾個字就能打發完的
自己。

但我很樂意遠遠的，站著讓你描繪
如果你不常下雨，不背著我心慌
我真的很樂意站得遠遠的，像你手中
點燃的煙。但你只想點燃你自己。

你便成了無人打擾的島嶼，我住進
身上的疤裡，和疤各自走各自的路
你反覆打磨後只剩溫度
我只剩身上的疤痕

時間很長，我無法對著你
繼續，在傷疤站起來前，你必須
是條繩子。

二、宣示

你殺死過去殺死我殺死完整的
身體和天空你偷走了我
賴以維生的籠子
我除了保持對你記憶的清醒之外
不能讓飄浮的籠子
越來越遠

我盡可能不帶顏色地描繪我自己
但我總是重覆地將你與仇恨
綁在同一色塊上
畫布是一片暗沉的紅
一如我此刻、這一路

你卻不懂得天涯
而迂迴每天往返我之中
像把利刃日日凌辱

你冷冷地站在一旁
叫我就別再忍了
我一直是封未開啟的信
信的內容我一直
不想告訴自己

三、祕密

不能讓你一直撲上身卻什麼也不抵抗
我想起了父親母親
脆弱總是將悲哀緩緩地
注入身體，我異常堅強也
無比軟弱地咬緊牙關

「那是什麼顏色呢？我
已經想不起來了。」

街道開始混淆人潮的味道
我專心行走
以習慣去擱置心頭鎖
我又想起了父親，他總是說：
「不要急，路會變形，但我們的腳
總會走出方向的。」
母親一直不曾回到夢裡
我以為是執著並沒有完全

拿出來使用，但我吞回喉嚨底
繼續向前邁進。

四、我正前往你

風盡說些賭氣的話，和我一同練習
為這個城市的色階填上數字
你不明白我何以繼續在日夜裡
為恨意蒐羅了這城市的軼事
我端起無辜的杯子敬你
那是苦練已久的忍耐，你若沒喝過
如何知曉？

暗自描繪重逢的景象
時日一久，我竟能恨恨地瞧著你的背影
流下眼淚
我再不走向你便不能走向自己
也就哪裡都去不了了

被釘在這個城市邊緣
以空洞填這些年
我已經習於畫一座下雨的島

花很多時間將畫面塗得濕濕的
就像剛下過雨，衣服還來
不及濕，我還來不及承認
錯怪了你

五、淡化

傷疤逐漸淡去，透明地附著於
皮膚，你和他們相遇了嗎？
神聖的職志為我的鋒利所苦
你不曾動搖，你在好天氣裡試圖
告訴我關於笑和抬頭紋
我也就不再想念你
和他們了。

痕跡還在，逢人就露臉招呼
荒廢多時的心傳出敲擊的聲音
我撤銷的心防化成一幅畫
和你精心的沉默重疊和我的
腐朽漸漸分離

不再是空無一人，大雨落下，他們一起
為我撐傘，屋簷下瀝著許多躲雨的人
有一天，我能成功辨認他們的臉

在獨自的夜裡不再為你和夢魘所苦
你的樣子終於看清楚了
一條更勇於從跌倒處爬起的
新生活。

癮者

馮瑪珊　飾

十五歲以前，我以為天空就是藍的，這個世界只有幸福，而且，我有名有姓。我用生日交換高潮的感覺，我用姓名交換更多的毒品，後來，我發現天空是黑色的，這個世界有更多奇妙的幻覺。

我追求刺激，更多的刺激。十五歲之後，我開始吸毒，各式各樣的毒，例如性和愛情。當針頭刺入我的皮下，其實並不痛，只有疼痛，才會有帶來快感。昨天我打破了一個人的頭，搶走他所有的財物，因為我需要買更多的快樂。我看著他倒在地上，血從他的後腦勺流出，還有點溫熱。突然間，我想嚐嚐看人血的味道，應該說，是別人的血。幸福而乾淨的人，他的血也是清新甜美的嗎？

我愛上了人血的味道，這是我的新毒品。其實，我一直很不喜歡別人用「毒品」形容那些讓我上癮的玩意兒。我喜歡稱呼它們為「催化劑」，我喜歡它們讓我遺忘所有的醜陋和卑劣，我喜歡它們帶給我層層疊起的快感——像我最愛的波麗露舞曲，一層又一層地把我拱向天堂，當然，我也見過魔鬼。

今天我殺了一個人，除了搶走所有財物，還帶走了一大瓶鮮血。我走進酒吧，看看有沒有一款調酒，可以混合新鮮而溫熱的血，讓我上癮。

一、在雨夜，七歲：

在暴雨的深夜我想起七歲。

七歲是個天真美麗的女孩
臉上沒有疤
有爸爸有媽媽還有一隻貓
粉紅蓬裙上綴滿蝴蝶和玫瑰
小小的玫瑰是臉上深深的酒窩

（她七歲，她多麼美麗。）

天空永遠都是
媽媽婚戒上的土耳其藍
雲朵白得像天使蛋糕
綿軟而輕，我的床褥溫暖
愛是一口接一口吃不完的棉花糖

（她七歲。她愛）

所有甜蜜的動詞在味蕾跳舞
長長的睫毛沒有露水
笑聲是家裡惟一的背景音樂
我今年七歲我愛站高高
看樹下的貓，搖擺長長尾巴
將蝴蝶打成結，吞下花朵
再吐出媽媽的毛線團

明天我要去上學
紅色的書包吃得很飽
我喜歡爸爸寬厚的背膀
喜歡媽媽幫我準備的新衣服

他們說：親愛的小公主
　　快快長大，快快
　　回家。

二、癮癮作痛的命運

汗水弄髒裙襬，那個下午
我被命運撞倒而且
腿間流出大量殷紅的血
那是處女，我十五歲
窗後的寡婦蒙著黑紗招魂
街角有老婦人蹣跚
聖母冷眼旁觀，唾棄我的汙穢

她們沒有聽見，我
烏黑的大捲髮像他背上
刺青的浪花，我窒息
卻發現痛的極致
喘息間高潮不只白眼翻過
原來天堂和地獄
存在於猛力的戳刺

媽媽知道會難過。爸爸
會生氣，我不說話
穿回衣服卻知道
這件白色的蕾絲裙從今往後
帶著洗不去的褐色印花
那是惡魔的祝福

：歡迎走進命運的賭場，下好離手。

三、**愛情，是一句美麗的遺言。**

他說：跟我走，不論
　天涯或海角
　捨棄妳指間的音韻
　放下鋼琴蓋
　我們需要革命。

於是，我認識愛情。
而愛情讓我離家去建立自己的家
肚子裡的孩子是男還是女呢
像我一樣漂亮嗎會不會
記得媽媽在廚房做飯的背影
而愛情只讓我留下一封短短的信箋

後來這房間，純白的鋼琴沾染
我黑色的眼淚和淺藍的唇印
（不回來，她不再回來）

原來天空不只有藍色
還有玫瑰色的彩霞

葡萄成熟，這瓶酒
明年釀過新的，舊的
潑濺成身上的紫紅吻痕
成為髮稍呼嘯而過的風
愛情正在歌唱，吸引

我，留下一句美麗的遺言。

（她只留下一句美麗的遺言。）

四、肚子裡的另一個我

他在我的身體裡
埋下另一個我
該取什麼名字好呢
沒有想法，也沒有辦法
我遺忘自己的名字

他說：我是旅人而妳，
　　抓不住我。

留下另一個我，和
手臂上如縫紉機踩過的
兩排針孔，就消失

暴雨籠罩黑夜
我只覺得，飢餓
和冷

（她沒有家，沒有他
只剩下，另一個她在暗中
隱隱作痛。）

五、買我的靈魂

孩子哭了，我將它典當
一次天堂的飛行換來快樂的
粉末，天使的睫毛有淚
錯落為細細的塵埃
買我的靈魂吧，吸吮很輕
沒有呻吟與呼吸
賣藝老人教我如何喊價：

很便宜，我很便宜
鮮紅的情慾沸騰
非常刺激，不會痛
我們都不後悔，所有的堅持
不如精緻的粉末
壓縮成出口的拱門

月牙咬破天空的動脈
緩緩地血，是

暗黑的絲絨凝結
所有枯萎的溫柔都會
在愉悅的嘆息中，新生

而鮮血何其鮮甜
高潮是最可靠的愛情
當男人都是廢物攙扶著
疲軟的陽具
更多金錢買來寵幸

（如此值得，她愛）

一切狂熱並失控的
墮落，我愛天使的塵埃
在血管暴走
關於我的身體，你可以
隨機取用和帶走
只要一點催化劑就能
提煉新的靈魂

六、痛，就是快樂

旋轉，我下腰接受
命運的戳刺
像針沒入喉嚨
吐出實話

：是的，我愛起伏
我愛脆弱如琉璃卻
醜惡的人生
我愛娼妓惡意的傷害
與背叛，我愛所有的疼痛
包括分娩和撕裂
熱愛小說家扭曲我的命運
如果踐踏乞丐是惟一的樂趣
就讓他躺下，躺成一句
斑駁而迷幻的廢話

（她惟一的愛來自惟一的恨）

注射藥劑，血液逆流
散成妖艷的青春，那年
我是模範生，在講台踏空
擦破膝蓋卻發現自己
需要更多更多的愛，以及
安慰。

所以我不說那是毒品，不說自己
是吸毒者。那是催化劑而我是
癮者，每個黑街必然存在的陰影

（痛，就是快樂。）

七、睡前的祈禱文

我祈禱時間的寬容，是一張平靜的網，包覆我的脆弱。時間，可以走得快些嗎？帶走磨難的疤痕，傷心的敘事，鏤骨的刺痛。讓睡眠是靈魂的醒覺，深層，並且徐緩，如亙古的讚美詩。

一首徐緩的讚美詩是深夜的祈禱。我祈禱時間的公平，像一把鑰匙，打開沒有鎖頭的門。時間，可以走得慢點嗎？別像火焰，蛻變天空的美艷，煙花不耐，一朵跌墜一朵的絢爛。讓幸福是種天賦，祝福，然後永存，是愛的箴言。

永遠保存愛的箴言是幸福的天賦。我祈禱時間的河流，如一匹白練，拭淨我的汙穢。時間，可以暫停嗎？但願初生的純潔，不受命運的戲弄，人生苦短，但我卻活得壓抑。讓笑容是張不褪色的照片，裝幀奇蹟，那是救贖的福音書。

一頁救贖的福音書是生命的奇蹟。我祈禱時間的療癒，是全能的解藥，平復乾渴的炙炎。時間，可以倒退幾步嗎？還原淚痕般的刺青，沉默的哀慟，生無可戀的絕望。讓生命沾染溫婉的馨香，未來到來，過去過去，是虔誠寬容的祈禱文。

八、媽媽，這是旋轉木馬嗎？

最後的狂熱帶來高燒
昨天搶劫，今天
殺人並喝下他的血
所有幸福的人
他們的血，無比
甜蜜而純淨地
洗滌罪惡。

（此刻她又是
清清白白的處女

她記起七歲，記起
媽媽烤的蜂蜜蛋糕
吹熄蠟燭
關上房門告別，七歲
後來她自殺）

廢棄的針筒像極
裙子上的綴飾
鎖骨斷掉還會再生
打碎風景喝下
上癮的無法自拔

我回到七歲，回到出生的
那張床，我和我的孩子
一起被恐懼生下
懷念這條街上所有施捨過
我的好心人
他們還在暗夜徘徊嗎

（終於她睡著……）

歲月敲門
回來，再回來
所有失手的幸福
一片一片拼接未完的長廊

進入酒吧，釋放此生
疼痛的綑綁
得到自由

小說家

蘇家立　飾

去。活了那麼久，沒看過那麼纏人的讀者。所謂讀者，就是讀著讀著忘了自己是什麼的人，正如同我寫著寫著忘了是我在寫小說還是小說在寫我。我很窮，只是偶然登上暢銷書排行榜第一名的幸運兒。喔，不過也只有那一次，剩下的作品就好像盛夏猝死的蟬，還沒叫夠就掛了。

吶。我還真是個與世無爭的人，本來想讓那讀者吃閉門羹，但我還是決定請他喝杯茶，然後語帶暗示地叫他「別再來了」，但他從來沒理睬過我顫抖激烈的眼皮，於是他成了我未來的責任編輯，那是兩年後的事了。我現在二十九歲，沒有房子車子金子兒子只有臃腫的肚子，而這肚子總在鏡子前嘲笑著那濃密的腹毛。

晚上十點，這不是個寫稿的好時間。我堅信生活是需要胡搞的，譬如扯扯小謊啦，騙騙女孩子啦，要不就是貼著隔音薄弱的牆壁，介入隔壁那對情侶魔幻寫實的同居生活——同時滿足我高亢的情緒及不入流的幻想。嗯。今天他們可能比較早睡，沒什麼可當作素材書寫的聲音，我決定上街蹓達，美其名為找尋靈感，實際上是害怕一個人在家。

我好害怕一個人。有時會想起媽媽的哭喊，爸爸的咆哮聲，在我五歲的那一年，我看見我的手拿著剪刀，血腥瑪莉流遍了手腕和掌心，那是我每次狂飲必點的酒精，儘管是在這間酒館裡，左手仍把弄著盛有相同記憶的酒杯。

一、成為標點是很痛苦的

終於雨滴比稿費還大顆了。

雙手是破折號而滿月是句點。發現讀者正慢慢流往我的血管，悄悄帶走所有顏色，於是我成了看起來飽滿的木乃伊，在小巷裡拖著影子慢慢地滑，讓柏油路黏答答的，或許閃閃發亮，或許有毒彷彿剛解開綳帶的傷口，像一顆瞪大的眼睛，只是眼淚是紅的。

咳。襯衫上這灘鮮血不能浪費掉。拿出空的墨水瓶，我用力擰著它，一滴，兩滴，間隔的時間足夠妳從三十五巷走到七十一巷。只是為了寫出最棒的作品，我從胸口拔出筆尖生鏽的鋼筆，讓自己的左眼成為逗點，鑲在沒有星光的天空裡。

因為還有讀者是路癡，而我必須把自己變成標點，翻閱時容易搜尋。

二、我想把你從問號變成驚嘆號

咳。看來服用過期的螢火並不能治療心病。那邊那個正在翻閱我心跳的妳，似乎還迷路著，拖曳在地的紫色長髮掃著黎明前該消失的嘔吐物，雖然很髒卻沒有辦法，要成為我的其中一個段落，就得先瞭解我吐出的故事蘊藏著多少致命的病菌。

不要用高音譜號的淫姿誘惑我，除了溺死在酒杯裡的母親，我無法把任何人變成冒號，但對妳的荒誕抱持著某種敬意，姑且容許妳在置帽架上掛起剛挖出的膽，那翡翠色的驚嘆號，可以用來趕走吵死的夜鶯。

而妳躺在哪個段落被脫光一切形容，遭人用異物蹂躪，那都是下一個妳該思考的轉折。畢竟我勉強吃下了妳的問題，導致胸口的洞越來越大，可以放進一個風流倜儻的開瓶器了。

咳。我必須繼續用酒精殺死我自己。

三、你倒滿了我靈感的小酒杯

我害怕一個人喝酒。在主動剪掉媽媽留下的臍帶前，我把幸運都投入酒吧角落的吃角子老虎了。也很想跟她道歉：「對不起，不該在妳發酵的歲月裡釋放太多氣泡。」然後妳騎著月光出現，除了大腿內側其餘都像剛飄降的雪。

於是妳湊近我徬徨的耳朵，倒入孅美血腥瑪莉的話語，像條蛇纏緊我的胳膀，靜靜地等時間流過，慌慌張張的，而酒吧裡的人們大部分都睡了。剩下醒著的不是互相暢飲彼此，就是毫無節制地謾罵。……

所以我應該扭下妳的頭，塗上銀箔，從眼眶倒入最烈的威士忌，用舌頭慢慢品嚐，直到嘴唇綻開彼岸花，有花瓣連同夏夜一起被流放。

我害怕一個人，喝酒。咳。右胸又滲出殷紅的墨水，而我今晚沒有靈感。滿地摔碎的玻璃碎片，看著妳赤腳離開，忍不住抓著妳放蕩的頭髮，強迫妳吃下那些碎片。

「妳不過只是充滿羞恥的修飾。」她笑了，而我居然大哭起來。

四、我的左心室插著妳不要的鋼筆

不停在耳畔種下寂寥，降E大調第二十六號鋼琴奏鳴曲《告別》，聽起來像是咖啡機故障前的嗚咽。是到了該回家的時候，裝模作樣看著不存在的錶，沒有長、短只殘留憧憬旋轉木馬的秒針，它興奮地轉著濃郁的酒香、朦朧的醉意與驟雨般的交談，但編輯催稿的電話聲在這一刻響起。

「請你交一篇總是在哭泣的小故事」，我認識他很久了，他是個無法辨識身在何處的路癡，儘管醫院飄在旅館的左側，酒吧浮貼在醫院的南邊，他依舊能把過期的臉孔和謊報年齡的紅酒，塞入我的瞳孔及任何有入口的，譬如對著吊扇敞開胸懷的一本筆記。……

於是我繼續啜泣，落下的一顆顆淚水慢慢化為人形，仔細一看，每一個都像是剛離開的妳。「妳們」笨拙地疊在一起，彷彿要傾倒的積木，搖搖晃晃的，摸起來像小提琴的音色，類似發育期的少女，所以「妳們」最後變成了一枝鋼筆，狠狠地插入我的胸口，就這樣懸宕著《告別》的第二樂章。

我又可以有了靈感。咳。沒有申請專利的月光灑在胸口，比拔出插著左心室的鋼筆，似乎語氣流暢了些。而遠方的公園有隻兔子在販賣螢火蟲。

五、到噴水廣場前聽一場月光的演奏

遲到的每顆流星似乎還有一條不能許願的尾巴。

我五歲那年，曾經是父親的男人拿著剪刀，怒吼著要剪掉我的尾巴，只因為母親外遇的對象屬猴。但這兒畢竟是異鄉，公園裡沒有蹺蹺板或鞦韆，映在眼瞳裡的噴水池噴出螢火的軌跡，我覺得自己有點濕透，並且毛茸茸地發亮。

妳想起我將妳紫得發愁的眼珠壓在鍵盤上的事嗎？那時，窗邊有一朵立體的黃金葛，我後悔沒有在當下拔起，插在妳溢出黑夜的眼眶中。所以只能坐在冰冷的長椅上，聽月光演奏《告別》的第三樂章。

有彈殼掉落在腳邊，摸起來還有點溫熱。我相信這是緣分：胸口慢慢滲出宛如靈感的鮮血，我不得不倒在雪白的大理石磚上，寫著被催促的稿子，用顫抖的指尖，畫一隻兔子被剝皮的輪廓。

（即使是幻聽我也無法把槍聲和妳的呼喊混為一談）

咳。我無法不愛上誠懇的藍色馬丁尼。

六、謝謝你用刪節號閱讀我的極短篇

我醒來，鋼琴聲剛好停在三點整。眼前的酒杯只剩互相撞擊的藍色冰塊，老闆不知去向，地上躺著一把有點昏紅的剪刀，也許剛挖出幾顆浸在葡萄酒中的眼珠，忘了把它放回地窖。

醒來之前，我想起妳曾經在沙發下藏著一件潔白的洋裝，那是鋼琴師還不懂得《告別》的若干年前，我通常在椅子上書寫稿子，滿腦子卻是妳不需要形容詞的胴體……妳黑色的乳頭像極了母親死前的哀號，又像不夠完整的刪節號，得輕輕地用鋼筆戳刺，或連同父親遺照以迴紋針別上，這樣才能有零距離的結局。

又流血了。

我剜下最冷的那條靜脈，給斷水的鋼筆最後一絲安慰，但酒吧裡都是文盲，他們只會觀望我數小時前倒在噴水池旁的醜態，沒有人過來拍拍我的肩膀，他們持續沉默，燈光忽明忽暗，而老闆還沒回來。

有一隊螞蟻似乎在搬運我的血珠，它們慢慢經過馬丁尼的殘漬，慢慢爬進角落的窟窿，慢慢地消耗離黎明不到幾小時的光陰，我由衷感激牠們。

謝謝你們。我L型地睡去，像一則字數不夠的極短篇。

七、我要成為火葬場的烏鴉替骨灰祈福

還想再醒來一次。

看著酒瓶倒出甜膩的血，我想把杯子抽回，塞進打開的胸膛，那裡有小小的書房，發亮的書桌上擺滿著五金用品，有隻獨腳烏鴉倚靠著檯燈，牠的羽毛是白色的油漆所留下的孽。

離開的鋼琴師很像妳變成骨灰前的樣子，他的手指細長而纖細，挑起黑白鍵間快滅頂的音符易如反掌，但他只是輪廓像妳。但妳並不如此透明。一枝４Ｂ鉛筆能嘔吐的謊話並不能贖回我自己，母親成為廉價稿費前的遺言，對胃腸很好卻很傷腦袋。

「相信把你變成骨灰的火焰和在一旁溫柔守候的烏鴉。」再一次抄寫這句話在撕下的臉皮上，拿著酒瓶和打火機，我要準時交稿而靜靜走出酒吧。

在紺紅之中，彷彿聽見妳鎖骨被釀成黎明的聲音。

比揮手後的自己還清醒，我往光亮的出版社走去，耳垂黏著一小片灰燼。

叁、孕育的守護的一切壓抑的是母的原型

城市奇想

坦稚（Tanya）述

城市位於山脊末端，新穎的建築群左右對稱，宛若一隻蝴蝶，朝虛無展開斑斕的雙翼。河流是一條時髦的腰封，修飾所有多餘的與不堪的場景。慈悲的陽光點亮河床的鵝卵石，顆顆如鑽，指向永恆，愛的天秤既沉重又輕盈，時間在此是靜止的也是流動的。

清晨的風掃描城市的臉，彷彿一種明淨的儀式，也順勢辨認她的身分——

性別：女。

年齡：初步估計是千歲人瑞，膚質卻異常緊緻，無需拉皮，沒有骨質疏鬆，也沒有脊椎側彎的現象。

飲膳：嗅花聞葉止飢，豪飲露珠止渴，偶爾以和平改革進補，藉之修復各類圖利的整治工程所造成的虛脫症狀。

職業：詩人。思想深深淺淺，遭遇好好壞壞，產程快快慢慢，均為常態。

在這座思維可觸及的城市，有兩條快速道路，專門輸送靈感的卵子。其他的狹窄巷弄，密密麻麻，每一道皆是身手矯健的刀痕，隱藏疼痛的故事。落地的種子曾想望一種自由的反彈，反彈至糾纏的枝椏，做幾下健身操，迴繞新鮮的韻律，直到意識的甦醒鍵被活潑的氣息啟動，馬路瞬間飽脹如血管，熱辣辣暢通。

此刻，墓碑旁的青草會象徵性的搖擺，彷彿寄出一張張明信片，宣告死生契闊不是傳說。一絲冷意竄升，與濃郁的陽光比腕力。教堂的大門恰好打開，鐘聲敲擊著商店街，公園吐吐舌頭，上面滿佈玫瑰的眼淚。

鳥兒正演出脫口秀，一隻接著一隻，回音啣著回音，埋伏聲線牽引失眠整夜的對白出場，劇情卻已變成一塊塊被剜起的肉品，暫時冰凍在曉霧中。晨間的劇院就像一具疲憊的骷髏，薄弱而空盪，靈魂走山，適合陳列於博物館。

反觀市集，擁有吆喝的命運，理直氣壯地聚攏五顏六色的詩品，論斤販賣墮落的美學，也贖回腐爛的體裁。硬朗的詩骨猶存豐富的鈣成分，新蓋的購物中心需要，地下化的捷運系統更需要。

若過橋，可見不遠處堆積著詞語的殘骸，遭刪除的、改寫的、移動的、蛀蝕的、不適用的……通通疊起來焚燒。黑煙升騰，渡鴉飛翔。而一般的垃圾是時間倒退的情書，垃圾場逐漸裝訂成一部情書大全。過期的字句像螞蟻爬出，舔著無效的甜，一列列搬運情感遺留的雜糧，它們的理想聖殿狀似子宮，堅韌且溫暖的庇護所。

終於，城市完成一首腔體共鳴的史詩，以愛繁殖，以恨絕育。樂於回溯，也不排斥忘卻。當白天的第一支掃帚掠過街道，立即瀟灑的遺忘昨天，重新記憶現下的驚喜。在夕陽自毀前，便急於查閱過去幾小時的舊檔案，為免不了的塵埃和停不了的白日夢編目，替發生過的幻影找一間不存在的酒館。

臨水照鏡，詩域盪漾，醉臥空杯君莫停……

聖母1

十三　飾

我出生在一個貧寒的家庭，是家裡七個孩子中的老大。我們的家屋非常簡陋，就坐落在後街陋巷裡，屋子的附近有一片大松樹林。

十三歲那年，某個冬日午後，我坐在窗邊發呆，突然看見一位身穿白衣的女人從天空緩緩降下，落定在我面前。她的頭頂上有一圈非常耀眼明亮的光環，但我卻感覺害怕，因為在我居住的陋巷裡，我從來沒見過這樣美麗莊嚴的女人，我不知道為什麼她會出現在這裡。我想出去探個究竟，但是媽媽不准我出去。才一眨眼功夫，美麗女人就不見了。我很害怕，只能跪在窗前一直祈禱、唸玫瑰經。

過了三天，美麗的女人又出現了。那時我正在屋外，她就站在我的面前，我驚嚇到跪倒在泥土路邊的一道水溝旁。

「孩子，你過來，」突然那女人對我說，「把手伸進水裡……」我非常害怕，但似乎有某種力量讓我不得不照著她的吩咐去做。我把手伸進汙臭的水溝，突然那水溝湧出了一道清徹的泉水。「請為我守護這清澈的泉。再見。」美麗女人消失了。我照著她的吩咐，一邊跪地伸手探觸泉水，一邊口裡念念有詞，並不斷禱告。

隔天傍晚，女人又出現了，基於好奇，我鼓起勇氣輕聲詢問：「美麗的貴夫人，請問您是誰？為什麼要我守護那道泉水？」「我是窮人的聖母。這清澈泉水是為所有的窮人、所有自卑的人、所有醜惡的人、所有深陷痛苦的人而湧現。」「但是您昨天說，要我為您守護這道泉水，我以為這泉水只屬於我一個人。」「不，這泉水是為了世上所有貧窮醜惡的人而存在，是為了減輕世人的痛苦而有。但是你必須幫我守護它。」

就這樣，約有一個月的時間，儘管天氣寒冷，我仍每天來到泉水邊祈禱，唸誦玫瑰經。有時我就呆呆望著，汙濁的水溝壁裡流淌著一道潔淨清澈的泉水，彷彿那泉是來自天上，並不屬於我們窮人的世界，但它卻在我眼前如此真實……

一個月後，某個下雪天，當我在水邊祈禱，美麗女人又出現在我面前。「我得走了，現在你得自己守護這泉水。但是請放心，我將化作你的祈禱、化作你唸誦的玫瑰經文，我將化作你，你就是我……」

我跪到在地上，不停禱告，我的眼淚大顆大顆地落下來，手上的紅色玫瑰念珠滾落在雪白的地上。我身邊（身上）那道清澈的泉水，彷彿我的眼淚，繼續在這汙濁的水道裡，緩慢流著……

聖母2

十三　飾

離開了我的家鄉，來到這繁華與墮落並存的城市，不知不覺已二十七年。現在我已經四十五歲，而我卻日日思念著，家鄉的那條清澈的泉。來到城市頭幾年，我以為自己帶著某種神聖的使命，或許那窮人的聖母已化入我的骨髓，我以為，我將永遠為世人守護那神聖潔淨的泉水，我要告知世人那泉水的美妙。然而，在我經歷了幾段痛徹心扉的愛戀之後，我終於了解，事情並非如此。或者說，「我」，並非如此。

我想，世間若有醜惡、若有陰暗、若有虛偽……那麼「我」就是了。我曾在最真實的愛戀中看見自己的不安，看見高漲的自我意志，看見自己的身不由己和醜陋。我以愛之名，折磨著我的愛人，終究，也折磨了我自己。我失去了一切。我的心，徹底破碎了，我，也碎了，我看不見，自己究竟是誰……

在人群擁擠的街道上，我孤獨地走著。我心中潔淨的泉水哪兒去了？我崇高的守護之心哪兒去了？是否，那美麗的女人還在考驗著我？是否，上帝要我了解究竟人是怎麼一回事？是否，最神聖的事物也是最汙穢？

我走在嘈雜卻彷彿空無一人的大街，在冷風中，我拉緊黑色大衣，目光落在不遠處一家小酒吧，昏黃的燈光瀰漫著一種詭譎的溫度，那橘黃色的光芒，彷彿化成一張開的雙手，正在迎接我……「孩子，你過來」……

他說：「你要到仇敵當中征服他們。」（詩篇110：2）

一、窮人之泉

離開家鄉
離開清澈的泉水
像懦弱的葉子飄蕩空中
接受風的考驗
我們逃進愛的曠野
像旅人，任影子在地上行走
相互折疊、相互擁抱
但是恐懼悲傷和眼淚
我們成為歡樂的癮者
成為賭徒和賣藝的人
是什麼器官被摘除了？
有時我們站在岸上
努力扶正自己
有時我們乘坐渡船
載浮載沉
我們目光朦朧
看不見陽光

看不見搖晃的鈴鐺
有什麼器官
出生時已經死亡
或許是忘了，那條清澈的泉
我們在迷霧中伸出手
摸到一條汙穢的河流

二、以愛之名

「究竟什麼是愛呢？」
小說家這樣提問的時候
我們尚未見過那座花園
僅有一條小路
從左邊伸展過來
還有一只被握過的、失溫的右手
像一個空瓶
有著空盪盪的身體
我們從空的邊緣輕輕削下
一片，寂寞的皮
那是不可碰觸的禁忌
我們用竹籬、用多刺的梨花木
堅固的石牆將自己緊緊圍住
我們成為自己的情婦
屈服於井底
在黑暗中遺忘明亮的可能
我們點起火

我們燃燒自己
以愛命名
畏懼寂寞的燐光

三、苦難

沒有一個人
可以真正傷害另一個人
但是整座城市都在受苦啊
我們的確幹了一些蠢事
這個城市已經失去樹木與河流
失去時間和規則
我們已經無法分辨天堂和地獄
如同我們再也無法區別
藍色和憂傷
我們唱走音的歌曲
試著和真實保持距離
為了讓自己已死的部分
繼續活著
我們反覆吸吮
冷漠豐滿的乳房
為了否定黑暗
我們進入黑暗

為了否定奴役
我們誤入了奴役的禁區
我們的活
實是他人之死
我們生長
而他人老去
我們對自己揮霍無度
以便遠離自己
神啊！能否回答我
這就是一切苦難的原因？

四、信仰

是的。那是最壞的事了
但我們僅僅失去黃昏
自我懲罰實是對於真理的曲解
神說，你聽過塵土和光嗎？
我們需要去一個更遠的地方
去土裡埋下一個希望
去看見有一顆脆弱的心臟
一個沒有善惡的地方
去到仇敵中間吧，神說
我們必須去那棵白楊樹下
沉思、哭泣
徒手挖出一封古老的信
去聆聽
魔鬼訴說的故事
不再關心外表和形象
那是神為我們預備的
永久的住所

那寂靜的曠野
再無一物可以失去

五、祕境

我們終將明白聖者
手中無刺的玫瑰
終將留下感激的淚水
感激一張正在變老卻天真的臉
除了一位走動的神
我們無法成為其他
除非更冷靜地走入熱情和瘋狂
愛不會揭開它的面紗
我們必須忘記語言
甚至忘記世界
有一張老成的臉
別翻開字典
奧祕將會瓦解
我們會成為被割下的耳朵
荊棘雕刻的浮世繪
風會帶走這些
風會帶走那些

風也會帶走我們
鮮活過的
青草尖上的露水
玫瑰的葉啊
你不再需要顫抖
雨水不再需要黑色的斗篷
在沙漠與清泉之間
永恆的春天
深不可測

娼婦

丁威仁　飾

沒人知道我的包袱裡裝著什麼東西，我現在走在無光的街道上，除了我的腳步聲以外，沒有其他聲響，誰也不知道我從哪裡來，我也不知道我該去哪裡，這個包袱是我最珍貴的東西，我不會讓任何人搶走它。

半年前，有一位客人指定我的服務，他趴在我的身上喘息時，我居然第一次達到高潮，我確定，紮紮實實地，但三個月後，我懷孕了，人家說只有母親才能辨識孩子的父親是誰的，我真的確定，孩子是他的，雖然我再也沒有見過他。

我已記不清是怎麼走到這個鎮上的，之前我還在鎮外的樹林，肚子痛到無法行動，然後只能待在一棵大樹下，沒想到，從我的下腹傳來濕意，透過還算明亮的月色，我看見裙子越來越紅，而肚子痛到我已無力叫喊，我知道，他或是她要跟我見面了。

沒有人知道我的包袱裡裝著什麼，我走在無光的街道上，除了我的腳步聲，沒有其他聲響，我從哪裡來已經不再重要，我也不知道我該去哪裡，但我不會讓任何人搶走這個包袱。

前面好像有一間小酒館還亮著燈，我好累，想進去酒館裡坐一下，雖然我不想喝酒，但我必須洗乾淨包袱裡的東西，要不然很快就會變成黑色的，我不能接受它是黑色的，我不喜歡黑色，紅色才是我的信仰……

一、無夢的沉船

「我們必須忍耐，對於那放火的舌根……」

隔著好幾座山以及幾條
不曾移動的河流，我顛簸以腳步
調音，帶著肚腹裡的心跳
回憶那張曾經晴朗的
雙人床

我彷彿一株開始發芽的青春
卻早熟地以嘯喘向世界
抗議，你們總是要我
張開大腿調音，卻忘了
我臉龐的模樣

如果可以，我將再次捕獲你
清癯的面容，寫一首可以

在落地窗前種植的
詩句

黑夜太冗長，白晝容易早退
一場暴雨之後，我仍眷戀你倒灌的
體溫，你從小鎮離去是為了
把雨水與眼淚堆積成
山

於是我們交錯恥骨
把引言留在一點兒喘息裡
然後瀕臨天堂與
地獄的邊緣，從慾望的
浩劫中，找出絮語
或者咒語
喃喃，喃喃

於是我們交換肋骨
不再熟讀彼此的曲線

只能讓泛黑的眼圈變成信物
以淚水化作刀刃切割
一道堅實的冰川
找出沉船的
日記

二、噤聲的離去

「我忍耐著，你就繼續謗毀吧！」

我丟掉了許多暴躁的男人
害怕在無光的流沙溺斃

雙腿之間的距離要如何丈量
我飽滿的胸脯餵哺著
男人下腹的宇宙
而後我收集著他們指腹
與西裝的煙味
以及想像中陌生
的蛀牙

來吧，用針迅速縫合雙唇
順便挑開我過胖的子宮
進城後絕不可以微笑
拿起剪刀劃破空氣

男人就會
噤聲

來吧，剖下我的頭顱
以及四肢，然後交換一張
前往烏托邦的
入場券，以朝聖者的
步伐，概論我們
曾有的高潮

然而你卻堆積溫柔的單字
在城外修補我經常受損的耳膜
有時默默地放一把火
默默地看著一切，默默地
揚起嘴角，默默地
離去……

三、酒館的旋律

「凡繼續散播謠言的，舌將如錐刺……」

偌大的城裡，每一種氣味
都在枯萎，我正打算逃開密不
透風的街道，投奔真正的
自由，但命運像是荊棘
每一步都刺痛腳掌
與背影

所謂陰影
是乾燥的麵包屑鋪成的
肚子裡的聲響
焦躁且易怒
我想起那晚以肥胖壓住
你的影子，就註定了
所有的新生都沒有
姓名

而雙腿裡的森林越來越深
失蹤的孩子也越來
越多，那些自製的標本
總是被埋在春光的
深處，我反覆地呻吟
只為了入神

而雙腿間的敘事越來越暗
陽光早已從胸口
溜到腐敗的
草叢，每一秒的美學
都在抽動中
走步犯規

我需要一點異鄉的旋律
藍調、爵士、雷鬼或是黑膠裡
破損的合唱混聲，若能多些
布爾喬亞的幾便士，於霓虹咬緊的
小酒館，許多牛仔褲裡

膨脹的火燄，逐漸從指尖
爬上嘴唇
抓緊彼此陌生的體溫⋯

四、暴力的間奏

「我仍必須忍耐，這世界瘋子太多……」

我總是把唾沫吐在
看不見的地方，主題是一片
貧瘠的荒地，隱喻像是
沙礫，摩擦著午夜時分變奏
的貓鳴，怕被日子揭穿
荒誕的背影

只有雙腿裡的急流
能夠證明我是如實的女人
或者你們的手
總是搓揉我敏感的頂端
說著天堂快到了
而我卻總在地獄裡
徘徊

你隱居在名之為憂鬱
或是孤獨的身後，折斷每夜
勃起的象徵，以細膩的
節拍，進出虛妄
的旋律，而一切無法
停泊的港灣
都與桅杆無關

暴力透過精緻的間奏
逐漸擴張，說穿了只是誰
都在夜行一善，我們與孩子的
告別式，只能在家舉行
而後我只得在暗巷
奔跑奔跑，帶著一個
暗紅色的包袱

從工地、山坡、或者廢棄水溝旁的
地下管道，像選一張破舊的
地圖，直到安穩地

步行於這座小城，直到
頭髮更白，遺落記憶

五、不朽的意志

「當我把衰老自你的眼光移開
或許你會快樂些……」

說真的，這世界並無不朽
縱使我曾信仰過
但死亡像是一種儀式
看來透明，叛亂卻在暗裡進行
我是一個出賣身體
的訪客

沒差，兩種堅持，兩種謾罵的風格
兩條邊界兩側的平行線，兩張
破損的契約，沒差，只要有人
扔我石頭，就算是可悲
而如今我決定夾緊
雙腿的距離

說真的，這世界除了猜疑
真理是花園裡唯一不會
凋謝的品種，雖然扭曲長大的
蟲體密佈於每個男人的
下腹，但我願以漂浮
換取天堂

沒差，我不在那裡
你們也不在這裡
當包袱揭開的瞬間
我還決定割掉一隻沒有
那條連結無知的
臍帶

沒差，我真的不在那裡
誰也不在這裡
包袱裡的光澤混搭著
那些男人的祕密
我們無須

以意外看待即將
崩毀的小小
宇宙

痛，就會喚醒最最堅強
的意志，大不了把綳帶裹住
全身，只留下聽覺
與浮沉的歲月，而後把信仰
扔進湖底，與你的骸骨
一同成為神話

說真的，這世界並無不朽
乍看之下，連月亮
都把自己視為
太陽

情婦

Z Y 飾

我可以以飄浮的方式，或者以落石的，或者貞潔地仰視，以純潔的小步子踏出去。門口的警衛是拒絕直視我軀體的愚人。是的，他恥於自己的慾望，可能恥於我的慾望。他不能（且不能不）以偷竊的方式，從側面攫取一具美麗軀體的形相。我有時想像他自瀆，並不覺得他猥褻。他是不會有的，或者他竟然有，也只是絕不接近美麗的偷情。我想像自己漂浮，現在我在浮游的街道上流動，流過一家意大利品牌，然後流過一家英倫品牌，另一家店面開始把美麗敘述為皮膚的故事，另一家店面把時間摩挲成相對的概念。我高貴地點頭，漂游，高貴地擺手。開始記憶手掌上抹過的郁郁花香，薔薇與薰衣草，金桔與蘆薈，迷迭香與山茱萸。賣香水的女孩經常手掌寒冷，賣冷霜的女人經常體溫太高。我不知道她們多久做一次愛，我相信她們一個太冷淡一個太燥熱。妳必須奔放，至於忘記自己，有時直覺地沒有意識地，任身體的熱度隨對面的角色漂游。

此刻我穿越十字口，對街角一個貪婪的男人，坐在機車上抽煙。他為我，以及另外那些魚群樣的女人做美麗的髮。他懂得擺憂鬱的少年姿勢，讓腰部開始擴張的中年女人張貪婪的瞳孔。我知道他為她們按摩，偶爾悄悄地越軌。他懂得不張揚的美德。我記得他是熟練的男人，寂寞時候可以短訊，就在表面的水沫下給他若即若離的衝擊。他現在優雅地點頭，拂一拂遮蓋落髮的長長瀏海。他的後頭顱是裸露的，讓妳記得他裸露的青春。

然後我漂進高雅沉默的珠飾公司。在這裡我們都揚起下顎，擺思索的智慧，評鑒那些不透明或許透明的塊狀物體。我今天不停留，午後的陽光從落地窗裡面反射一粒紅寶石裡的魂魄。我知覺到小腹部裡燜澸開始燃燒的星火。對面是一個販賣古老糕點的舊鋪子。我看到老掌櫃像父親那樣彎曲身體在四處撩撥原本並沒有問題的Ȃc飾。他亡故多久了，還是那樣彎曲著身軀。我不能夠想像他曾經做愛，但我清楚記得他是有過情婦的，那樣的事跡。

此際我踩過一地落葉的公園，狂奔的幾個孩子們，她們永遠不會知道身體的故事，就是那樣摸索出來的。我記得那個男人愚昧地在事後，拒絕停止摸索，好像世界的盡頭可以在摸索中退後。我不需要盡頭，我想說，我不愛，不需要高高的潮水沖散我的束縛。我可以在約束裡漂浮，穿越鐵窗口的天光，我不太冷，並不多汗。我是他的貴婦，我是我的浪。

小酒館就在石砌小街口。我漂游過去，時間飄浮，天光從來就不是時間的刻度。

一、雨水和魚

等著雨
水來，鬼
火來，青青河畔
草草的土地
已經燎
原的小小的小
腹在荒
涼的腹
地燒夷
我不是撿
拾荒
草的寡婦
僅僅在缺
水的窗
面上搜
刮蒸
發的痕跡

而那些昨
夜遺
落的碎鬚
與我一落
千丈的亂
髮糾成陰
私的結。我陰
私處的黏
結就結
呈一張吮
吸的唇
如魚無
水樣地
張翕呵枯
水樣地張
也不完全
翕也不
完全

二、水位

她們在低水位的日子
開始結
紮瘦瘠
的腰，然後小腹
就開始孕著
荒季沉積的沙岩
在齒縫裡面，赤蟻
堆集火葬的柴場
她們把疼痛咬碎
啐吐僵硬的腳
印的化石
而離去的陰影
都隱約在壁上湮漬
這樣她們在十字燈下迴轉
一盅紅土的甕
自轉著嗡嗡
作響作沒有舞伴的波麗露

那時他們玩廉價的化裝舞會
交換舞伴交換夜
交換不透明的體液
她們高價值但剩餘
她們剩餘但單獨地立
她們在高水位的日子
模擬水晶模仿凜冽的夜
摸索高腳杯裡
透視的可能
與折射的光暈
為自己制高，為自己乾
她們在缺水
在無水位的夜裡枯

三、情緒世界

深深地深
深地峽谷我是如此的深
深的城市狹谷
一道光線射入的纖
細的吊橋就足以
讓我跨
越聳峙的插
天的山峰。我是風
是山風裡
浸淫而濕透的淤泥
而你的足
印總是驟
雨樣地淺
淺地不可呵
不可能刺破深邃
沉積的寒
冷的岩脈

於是我棲
息在樓宇的額角
在零度霧霾的寂靜裡
熟習自己的無哪
無重力的迴旋
當背景跡近無聲
摩擦力趨近冰的透明
肉體的重量在小室內攤開
平白如無足輕重的空白打印紙
（我還可以記憶打印
摩擦白紙的噪音）
就那樣平白
無故地在絕跡的情緒世界去背離
一線牽引的山光水色
爾時那些即使輕薄
還是沉重的戲目
如果我不再認真
哎哎我怎麼不能失去
那些淺顯的作戲的本能

四、維多利亞單薄的祕密

此際是Burberry
下一個刻度是LV
Cartier 就在轉角
而我正背對著Gucci 與 Givenchy
是的我流動的
柔乳，僅僅托負在
維多利亞單薄的祕密
我的私處貼切溫柔地
覆蓋在 Agent Provocateur
我在百老匯灑落
菲拉嘉慕的尖釘高跟
在中央公園與一個浪子拋媚眼
我在鐵塔頂端欺騙
一個純潔的索爾邦少男
在普羅旺斯的小火車站
用唇膏留艷紅的猥褻詞
阿姆斯特丹的水浪巷前我與

落地窗後的妓女一起裸露胸口
在台北的夜市裡我只是離開
又回到異地的一頭雌獸
我記起昨日的起伏
一個男人的狼嚎在浪花裡碎散
我想起他堅石的胸在暗潮裡腐蝕
他與一個狼的世界
在碎散的哭嚎裡面乾涸
而我是時間的蕩婦
情緒的處女地
我記得一泓極地的淨水
後來在腐湮的井垣上蔓生艷麗的蕈
我是華麗的寓言披蛇蛻的胸花
當神話的乳酒輕灑在潔白頸項
我是服毒的水精割開蒼白的腕
讓血與毒交溶在時間的冷泉
此際是蘭蔻與伊莉莎白雅頓
下一個刻度是可可香奈兒
是的我是黑暗的水晶

在城市的峽谷流淌
風茄花溫軟的甜香
我現在背對 Jimmy Choo
轉角就是迪奧
而風就在塵裡潮就在浪底
我是罌粟細細的暗黑種子
輕微毒性一如沒有圓心的虹

五、她們無毒，曾經

鐘點十二。我垂下若垂下的花束
便可以望見一〇一樓層直下方
落暮裡終點站的遊人四散
於此我必須思索，赤金色流光
瀑流在廣場上激烈反射
衝突的腳步在路口錯雜閃避
我知道她們都是外地人
即使在地也還是浮游
如同魍魎或就是精魅流離
在琥珀與琉璃參差於瀝青與唾沫的浮世
我與魚群的記憶
洄游還可以經歷曾經熟稔的海流
溯河，漸次有稜與岩的縱谷及斷層
淺灘有衝擊波之白沫，陽光斜刺，片段的虹
虹弧線跨昇赤裸山巒的誠實岩壁
然我是背離的岩間蘭
然我是背離自我岩層的叛徒

我不淫蕩我只是愛
當浮雕的樓層與浮游的精靈滑動
穿越我剝落的視野
巨大的疼痛刺入我乾旱的腹
我是破裂的頁岩
我的故事只是碎散的
落石的靈魂。我不淫蕩
只是愛，而錯誤只是弧線外緣
那麼不類似美麗的風茄花
鐘點十二：〇一：〇一
她們去哪裡。她們不淫蕩我希望
她們只是愛她們無毒，曾經
在弧線底下濕透
於純白的光與細沫
於琉璃與琥珀的晶瑩之世

老婦

龍青　飾

我選擇沉默，以對這座城市。

那些選擇交易的人，買賣的除了貨物，還有作為人的尊嚴。戲院門口賣弄風情的女子——我記得孩童時她眼睛裡的星星。那場災難來時她緊握父親的手哭泣，鮮血貫注整張貧窮的床，「救世主啊」，她哀號。但沒有誰為誰止血，甚至，神也不能。可憐的少女用父親的血塗紅蒼白的唇，「救世主啊」，就在街角的陰影裡，她失去了初貞。

坐著馬車來看戲的人，城市在這裡裸露出他聒噪的恥骨，那些純潔的話語正是高貴分泌與排泄的謊言。只有活得夠老的人才能分辨，藏在他牙縫裡的汙垢以及被踩在他腳下的姓氏與冤魂。

屍體的河流與烏鴉的夜。謀奪，就是一場又一場的瘟疫。

關於我自己，我做了太多的夢。生命的甘美、期待，還有隨之而來的遺棄與死亡。這世界，弱者活在刀鋒上不能言語，理想的洞穴早已乾枯。

時鐘在我四周滴答，前前後後，往往復復，諸多流逝中有個聲音在我內心說：「不，妳混淆了。」活得太久讓我習慣彎曲，時間就是一把刀子，乾癟、佝僂以及疼痛都是這把刀下的苦肉計。

時間的祕密隱藏於城市之肉身，誰也別想撬開我的嘴，「救世主啊」，這城市的暴戾永遠不會結束。

天黑黑

雲不見了
漸漸地，山也消失了
你沒注意到的哭聲
正從小樹林裡傳來

山外有一個世界
山裡也有
它倒下來的時候，在哭
有些人點火
有些人唱歌
你的身體
進入它的內部

所有的火都是錯覺，你
看到他們皺眉的樣子
接下來是眼睛
與一動不動的生活

月亮早已經開過了
夏天也是
你正前往一個
說不出名字的地方
那裡，所有的杯子都盛滿雨水
你在哭。為你點燃惡意的
或許是老人，或許是孩童

無岸

所有的人都睡了
可以吃的果已經摘下

你說被水洗過就是乾淨的

我舔它。因為
鎮上的屠夫在這裡清洗刀具
偷情的寡婦在這裡清洗下體
那位坐在馬車上的老爺啊
高高在上眾人的情夫
他著他的僕從在這裡
濕了手帕清洗他的嘴

你說被水洗過就是乾淨的

沒人注意一個隱匿
在水裡的女人
她的舌頭正在腐敗

目睹

河水漫過堤防，一柄刀
深入城市的小腹
積攢了一整個冬天的雨
就這麼具體地搔到了你的癢處
沒人注意，菖蒲仍插在門簷
一節節變黑的光線
粗魯，並且強硬

在積水中，一切都變了樣
你穿過積水，穿過走廊
一扇門在那裡
那隻傷勢嚴重的海鳥
在你睡著的地方
一動不動

隱在黑暗中的眼睛
彷彿有淚滴垂落
那麼明亮

更幼小的

氣象預報：風力十七級
氣象預報：蘇力離台

你注定要死在這裡
死於玩火者的權柄
死於寄生的濕度，中邪的暑氣

我們一樣。在
夜裡丟失了什麼

杯子裡還有一些水
密室裡還有一些空氣
你哭時，請記得他們的隱遁和詭辯

還剩一點點風，那麼自由
沒有人察覺，那麼我們
把它放到瓶子裡去

沒有人會注意
我們夢裡，開滿了黃花

最後一夜

燈太亮。你
把音量開到最大
有人在哭
你的身體冰冷

時間在這裡落下
開啟或是
將它放在頭頂
緩慢接近

你厭惡花朵，厭惡生
一部分情緒保持平穩
另一部分，你踐踏與膨脹

沒有人知道最後的降臨
每一種掏空與填滿
都是臨終者的鮮血

一切都晚了。你說
認真有罪
它讓生活變成石頭
堅硬並且充滿稜角

你只能一邊進入
一邊離開
有酒，在舌尖活著

肆・我們入侵這座母城並充滿祂

日間的遊歷

坦雅（Tanya）　述

當陽光落在石板路凹凸不平的表面，瞬間的安靜讓人誤以為這是空城。只要持續移動，原本模糊的地帶，即能顯露赤裸的獨白。

石板路盡頭是一座古老的鐘樓，四面外牆皆有巨大的鐘面，奇異的是，每個鐘面的指針位置都不相同，大約各差六十秒，每當整點報時的音樂聲響起，單音之後複疊旋律，四個鐘擁有四種速度，匯聚之後響亮無比，若是陰雨天，塔尖的感應器一啟動，會放射奪目的彩光，光裡蘊含萬花筒的對稱圖案。

此時，陽光悄然逼近，熱度像引信，點燃周遭的活力。

舊城和新城，各據鐘樓前方左右兩區。漫步舊城區，稍微低矮的房舍像勾肩搭背似的，彼此緊緊挨著。馬路不寬，車輛也少，倒常見許多單車停在路旁，金屬鎖頭一律是心狀，大小竟也一致。

舊城最醒目的便是墓園，不僅面積遼闊，花草樹木也整理得十分清爽美麗。有些墓碑旁，散置著銅板，詭譎的是，每個墓碑都無姓名，僅刻著如詩的墓誌銘。

隔著一條小徑，便是教堂。教堂外型酷似城堡，堅固，沉穩，擁有不可侵犯的表情。大門旁的布告欄貼著一些日常訊息，有代收舊衣褲捐助貧民的活動，也有查經班的時段，假日還舉行小型音樂會。

再往前走，便進入露天市集，按照攤位上的汙漬辨認，可知平日販賣各類蔬果魚肉，其他乾糧，甜食，兒童玩具也不少。旁邊圈一塊空地，專門給跳蚤市場做生意。

穿越市集，來到琳琅滿目的商店街，修皮鞋小鋪，鮮花坊，小餐廳，禮品店，美髮屋，咖啡館，小酒吧，二手書房……架構出小市民努力營生的氣味。店家沿山坡而建，逛街順便健行，一舉兩得。在高高低低的腳步中，時間彷彿拉長了，每一次進出，每一回採買，獲益的不只店家，還包括川流不息的城市靈魂。

拐個大彎，下坡，可連接至新城區的尾端。串起新舊兩區的重要地標是地鐵站。也不知都更計畫為何老往地下走？舊城區一片坦蕩蕩，再醜也不怕全世界觀看，新城區卻總是語帶保留，越挖越深，祕密紛紜，無可奉告。

然而，新穎的外表自有不滅的吸引力。這一帶，馬路氣派寬敞，賽跑般的車子一輛接著一輛，遠望就像橫躺的瀑布，廢氣恍若水煙，濛濛地一片糊塗。

劇院就在不遠處。香檳色建築呼應溫煦的晨光，前晚演出的疲憊仍殘留在入口的草坪上，幾個飲料空罐子於風中鏗鏘作響，感覺另類的排練正在進行。這城市的劇本如此隨興，路人被拉去軋上一角也算常態。

劇院正對面是美術館，所有最前衛，最不可思議的藝術品，都在這裡展覽。兩所大學座落於旁，據說憑學生證可免費參觀，正因如此，下一代的藝術鑑賞力逐年提升。

從大學校園抄近路，越過斑馬線，斜前方映入眼簾的便是一棟棟高聳的辦公大樓。這裡是進步的指標，是繁華的容器，即使病徵出現，也難以割除它。除了地鐵之外，尚有一條快速道路通往其他城市，經貿掛帥的地盤，吸入與吐出的空氣都忙著數鈔票。

各式各樣的大餐廳和百貨公司，撐起闊綽的場面，在這裡不愁沒有玩樂的資訊。新城區的樣貌如同黏雙層假睫毛，戴放大瞳片，刷蘋果光腮紅的新潮美女，一晃來，教人目瞪口呆，經過之後卻想不起細節。

河流低調的繫在新城區的腰間，修飾一些不堪的景觀。比如，過橋後，竟有一片垃圾掩埋場，突兀的存在令人不解。幸好，河濱公園的休憩功能搶走了直視垃圾場的錯愕，那一片如絨毯般舒服的綠，幻覺般的綠，讓人遺忘鄰近的時代殘骸。

公園中央的噴水池內，堆積著閃閃發亮的願望。

時間，剛好停在這裡……

旅者

楊海　飾

寫這封信的時候，正在沙漠的邊緣地帶，
今天的我紮營在矮灌木叢的一處空地，一個星星豐滿的夜晚裡。
妳會在哪呢？我想像妳正在一座沒有來信的城市裡。
妳知道，我想妳的時候，離城鎮總是遙遠的。

當我還是個孩子，就嚮往旅行，
背起行囊到遠方去走走看看，遠方，
遠方大概是指那些到處是陌生的人事物，
很可能一輩子只會到過一次的地方。

我只是很單純的想看看這個世界，
那時候父親對我發怒：「你要出去幹甚麼！你會一事無成的，

為甚麼不好好念書識字！」

父親打我，往死裡打，

也許是因為是他一如往常地喝醉了，

也許是因為他跟我一樣，也想去一個遠方去走走看看，

那一瞬間，我突然發現我已經到了一個很遠的地方。

母親在一旁，

一邊哭泣一邊說：「你還小，

等你完成學業，你再出去！」

母親的關愛就像隱形的鍊子，

小時候是束縛，長大之後是件美麗的首飾。

於是我專心念書，哪也不去，

在學習諸多字詞時，我對於「遠方」與「古老」相關的字詞總是充滿幻想……

當我離開了學校，我還是想去環遊世界，

我想享受餐風露宿，櫛風沐雨的自由，我想多看看自己生存的這個世界。

父親說：「別人廄裡有馬，口袋有金幣，而你甚麼都沒有，你要怎麼去！」

我知道我的馬在路上等著我，我的金幣在天上時刻照看著我。

父親說我就是個無所事事的孽子，

我必須去忽視這種說法。

卡蘿，跟妳說到這些事情，妳應該知道我是思念家人的，

懂得思念是一件很好的事情，像放映一部老電影，

一個人在空蕩蕩的黑色裡，面對巨大的光影……。

我打算回家後買一台老式放映機，妳覺得如何？

我已經連續三天沒有好好跟人交談，

在無人曠野裡面唱歌，唱Eagles的歌……

今天晚餐是烤袋鼠肉，牠在我面前被一台卡車撞死，

很新鮮也好吃，雖然有很多人不同意我的說法，

因為袋鼠肉有種特殊的味道，我最喜歡袋鼠尾巴。

我現在說的其實也都是身後事了，都是那些經過的風景，
今天我問了一個與我對向而來的旅者，
他說再往東一百公里，我就會到達人群聚集的地方，
我在地圖上找不到這個城市的名字，
一座沒有名字的城市，
也許妳就在這裡也說不定，這樣的想法算浪漫嗎？
如果遇到了，一起去喝杯酒吧！

城市製造的一切：磚塊與木材

鄉下的泥土進城來
變作磚塊
山上的森林進城來……
變成木材

他們喪失了本來的樣子
他們告訴我：
這個城市裡也沒有我的親人

城市製造的一切：湖水與小船

城市製造一切
製造森林、製造湖水

我到達湖心
與水隔著一塊木板
在等待夕陽給靈魂疼痛的空檔
用心事打水漂

漣漪就像圈套，越來越大
它象徵性的抵抗，之後
石頭般的心事被湖水默默接納
沉進靈魂的底部
不再被發現

湖水與小船
一陣風來
木已成舟地想起前世

世道如今
再也晃動不了任何一夜

在每一座城市我遇見妳但遺失了名字

親愛的，在每一座城市
我遇見妳但遺失了名字，
彷彿所有物品都變成了星星
安置夜空，任我命名
我想像妳描述每一道光芒，
讓世界因此有了遠方

遠方，遠方是旅途還是
歸途？我不知道
回憶比遠方更遠，妳說：
我是迷途不返的人。我是

將自己翻箱倒櫃，背著包袱離去之人
妳不能說那空空的房間不是他的
妳不能說他沒有留下
另一條荒涼的道路

妳不能說一個旅行者無法改變甚麼
如果他說：「跟我走！」
愛，一個又一個
成為一無所有的追隨者

旅人：刀子

城市的白日鋒利
而孤寂，像一把刀子
插在旅行者的懷裡……

在城裡，我不敢展現我的敵意
到處有人走來走去
野獸穿著人皮

走！快走！
負傷的旅人呀！
如果你不敢拔出刀子
如果你不敢愛你自己

旅行者：世界與我

我多想向妳坦白成一片草地，讓月光坐下
讓可能傷心的水也安心地坐成露珠，不再粉身碎骨
讓靈魂長滿荒荒的草，連著天涯……
讓所有可能傷心的妳也都安心地躺上
長成互不侵犯的小花

我們還有我們愛的
曾經，旅行得多麼多麼
一匹小馬，嚙食我們蒼蒼的歲月
陌生的蹄子沾滿死亡青草與野花的香味

我多想坦白，多想面對
妳，傾斜成一面斷崖，
將我所有安靜的湖水卸下

心上安靜的湖水裝著天空
天空有什麼？有什麼關係，如果

所有的光已經沒有辦法給我
希望，全部的星星也都壞掉
在一個人旅行的夜晚

會不會有個完全傷心的妳，命定地飄落
在我身上
讓我發現世界
對我毫無隱瞞

旅人：曾經去過的地方

我不想過去
聽他們說
世界是怎麼一回事⋯⋯

太陽每天吐出光線
人類用來作繭
重生了嗎？明天、永遠

我告訴他們，曾經
用懷裡的刀子將世界削成一個平面
卻只能看見她瞬間的邊緣

旅人：而我只能不斷道歉

對不起
我只是不想活著
像你，錢幣上的浮雕……
你不能說一個旅行者窮途末路
你不能說一個旅行者無家可歸

對不起
我只是想
到處撿柴、安心生火
給荒荒的世界貼滿溫暖的影子

抱歉，用一片薄薄的的鐵代替了
毫無希望的天空
為了懲罰一個想從人群得到和平的人

對不起，媽媽
媽媽我愛妳
但影子現在是我唯一的親人了

魔鬼

黑俠　飾

擅長分析神的旨意，擁有一切的我，活在人間最為晦暗處。

我見過你們為彼此動搖的模樣，而我不老的意志緊緊托住你，像深深盤根於腦海的老藤那樣。當然你見識過我黑暗的魔力，在彼此對峙的人生棋局中、在每一條背光的叉路上，我四處蒐集眼皮下緩慢流露的靈魂外衣，那就像一池了無生氣的黑水；歡樂、哀傷與苦痛都在那裡。

毫無設限的愛，我有絕對的寬容。
在酒吧，凝視著多話的鏡子，別問我：「你快樂嗎？」
別問黑暗的心、詭計的千舌。

一場又一場最為精緻的人間遊戲，你該如何為我代言？

歡樂的路上，我的四肢在女人的肉體中四處繁衍，在鄉村、酒吧、慶典與招搖的裙擺舞步間，即使是詩人信仰的詩句都藏有我深深的吻痕。意念動搖，言詞閃爍，在毫秒瞬發的萬千念頭中，我的確是最簡單的快樂。

放下手邊工作的人們，他們正自四面八方趕來，來吧！加入我們！

加入狂歡的隊伍，讓我們盡興地飲酒跳舞，讓我們痛快地撞毀天堂的廊柱，撕下天使們的翅膀，你能想像一路奔逃尖叫的天使們，有的倒臥血中，有的成為我的爪牙，我的影子嗎？我的世界有新的秩序，不需節制。大放異彩的人間有我、有你及惡鬼四處燃燒的勝利，我們戰勝了什麼，你能想像嗎？

在人間迷失，我有你意想不到的億萬萬張臉孔……

I

泡壞的臉龐長滿了憂鬱水草
陰魂不散的孩童祕密向大氣長高
黑紫的言語、受困的窒息與怒氣
多像妳高高注視我陰天的眼睛
紅腫的哀傷，我的愛沒有援手
困頓的皮囊兀自於水底沉潛
活在人間最為晦暗處
我收斂的名字與天使同時墜落
夜空彷彿有光燃燒迷離的禱詞
直至未亡的肉體
猙獰地離開了我的水面
而日漸腐爛的我竟如此相信
童年的淚腺
人間的河流是無害的……

II

一張口就是遊魂之地
就是千百萬里的山水跋涉
不知名的城市與鄉鎮，里程與風景
詢問皆成為吻的指向

輕易承諾，隨時推翻
他們的笑私處長了鐵珠，他們是善意底下
彼此的戰火，眼影與腮紅
他們互為釘子，皮膚上方的痛覺
譬如愛上窗子的人，他們在窗簾下祈禱
有的兩手攤開

過於漆黑的胸前
孩子總是向孤獨發育
啊！他們或男或女飽食文明
信仰流行哀憐乞食
更多的他們兩眼通紅

以貪婪的盡頭找向我
空蕩蕩的回應，我的居住過於紙醉金迷
我的愛必以綿長的詭計長驅直入

「是的，我愛，我恆愛……」我的肺腑必應允他們
複製我，成為含冤的血絲
血絲底下猶疑不定可怖的走獸啊
一秒一秒在我遙遙無期的舌頭上行走

就讓我的舌苔親吻沒入的腳踝
就讓我胃裡的房門如泡千萬
解讀那一再摸索推敲的
陣陣回音……

III

黑色長袍讓我懸空
凹陷的眼窟有城市腐壞的氣息
我的肺葉，全身的骨架不為別的
祇為了俯身向前
綑綁妳，卻成為遠遠的一匹亞麻布
與死同名的我的愛多麼醜陋啊
我慾望的舌暗中蠢動
我竟如此愛妳
森然的表情，讓我的愛繼續
繼續在夜裡發光
吸吮妳的皮囊，讓妳苦楚的血色輕附在我的唇
但，妳不在嘴邊
妳在哪裡？

IV

又是那長髮白衣女子
自空白處緩緩起身
她的髮絲是一座密林深不見底
我幽靈一樣在其中漂浮
卻被她的溫柔所包覆
我舌尖的道路因此長長地
抵緊世間的裂縫
為了讓愛與不愛的旅程成為我愛的句子
回到我的腸胃我的私處
啊！又是，又是那不知名的白衣女子
瘦的、苦的、高的、愁的
一行行泅泳著夜空
而我一張口，舌尖一縮，就有了失足
高高墜落於無聲……

V

開一扇門
在他的眼裡再開一扇
東一扇，西又一扇
那些眼睛讓我的黑袍四處游走
跟我來，我說
上了鎖的就在那裡，那高聳的陰部
裡頭擺滿賭具、手銬與淫笑
掏錢出來，讓她的四肢上緊發條
讓她的笑為我開門
讓我權充她的慾
她的髮絲
她的浪頭
偶爾讓你乞討的眼睛吸吮
歡樂，神魂顛倒
開門
當我走向一雙眼睛
深不見底的

當我說祕密，開門
不見天日結滿蛛絲的房門
從此便有了成灘慌亂的腳步

VI

機率高高舉起，飛蛾
受困於光的
你說的孤注一擲
我也學會用撲克蓋積木
蓋起厚厚的紙鈔高高的大樓
在勝負邊緣大聲喧囂
來來來，虛握之後才是用力地擲
眾目之光
倉皇失措天使的飛舞
在我口腹之中下注
再派一張牌
啊！來來來，我的籌碼，我的信徒
把碗大的我的善意
全都拿走，神造的幻象之梯
除了我，你還相信什麼？

VII

擅長分析神的旨意
擁有一切的我
我見過你們彼此動搖的模樣
而我不老的意志緊緊托住你
在彼此對峙的人生棋局中
在每一條背光的叉路上
我四處蒐集眼皮下緩慢流露的靈魂外衣
像一池了無生氣的黑水；歡樂、哀傷與苦痛都在那裡
別懷疑，你見識過我黑暗的魔力，毫無設限的愛
關於意念動搖，言詞閃爍
我有絕對的寬容……

一場又一場
最為精緻的人間遊戲
多話的鏡子該如何為我代言？
別問我：「你快樂嗎？」別問黑暗的心、詭計的千舌
歡樂的路上，我的四肢在女人的肉體四處繁衍

在鄉村、酒吧、慶典與招搖的裙擺舞步間
在毫秒瞬發的萬千念頭中，我的確是最簡單的快樂
即使詩人信仰的詩句都藏有我深深的吻痕
讓我們繼續，繼續盡興地飲酒跳舞
痛快地撞毀天堂的廊柱
撕下天使們的翅膀成為我的爪牙，我的影子
我的世界有新的秩序，不需節制
大放異彩的人間有我、有你及惡鬼四處燃燒的勝利
在人間迷失，我有你意想不到的億萬萬張臉孔……

VIII

縫隙這麼小
世界卻如此大
身體後退，我的身體
用來環抱所有的暗
為了讓光線繼續進來
我的身體成為許多許多石頭
我的淚腺通往所有的文明
而巨獸的心，渾沌且發熱
時間是我所剩不多的食物

IX

什麼也不用說，呼吸
別害怕，我只是如此想你
以我的眼睛撫摸你的靈魂、你的唇
如同我輕撫自己如此而已
像柔軟的髮絲覆蓋你
你仍像春蠶一樣作繭自縛嗎？

讓我的指尖繼續
繼續摸索你
像急於尋找自己
遺落的
一塊拼圖
啊，我又怎能停止漠視
傷痕——每一秒都是唇瓣的傷
美麗的膠著

X

這是破碎，這是臉，這是耳朵
臉花了的牆壁上有兩瓣嘴唇
說話的是房子，不是我
我在笑、在哭，回憶是婚紗
是在馬背上跳舞與歡愛，認真活著
如同死去，死去是喧譁走進肉體
在陰森的房子內挑選著捧花與花剪

XI

請原諒我
我的鼻向左，他向右
我們有同張面孔
靠近又後退，一個瘋子
無法入睡，數羊……
鼻息的柵欄那麼低
遙視天空的羊群啊我該如何數完？

「遠方有霧，好花開在肩胛」
「災難？去他媽的，懂嗎？」
「神在哪？光在哪？真我在哪？」
「痛啊！這痛像大腦
破了一個洞，讓地球掉進去！」

在肢體與肢體的搖擺中
莫明其妙地說話
我能不帶一絲哀傷

補述老、補述實虛佈局
回憶你不停乞討的病歷嗎？

啊！情史與浪漫相偕出遊
旅程終點在酒館
我聽見桌前的輕嘆：你說
爭執不下，他說別再說了
以上沒有任何意義……

在表情豐富的鏡前
你搖頭，她搖頭
輕易就碎了的樣子
多像我睜大血絲的眼又讀著
長型吧檯、酒杯、附耳的輕佻
深陷獄火及入了魔的
終被最後一字喧囂刻意割下了鼻——

賣藝老人

葉士賢　飾

我不知道老人是何時住在這座城市的？彷彿作夢般，一張開眼睛，我就在這欄杆圍繞的空間中。外面被黑色帷幕覆蓋著；漫不經心的遮掩，漏出一隙斜尖的縫。我從窺視，開始了這段旅程……

這不過是六坪大的鐵皮屋。老人把被黑布覆蓋安靜的籠子一一搬出外頭，放置停在屋旁的三輪車後座。然後用鐵鏈拴住發霉的木頭大門。我從帷幕中感受到彼此顛簸的存在；我們正寂靜地被運往某處。外面天色微蘊，涼意撫面……老人騎著三輪車在巷弄間，迂迴擾了幾許才遇見一片偌大的公園……

一大清早是老人們聚會的時間。三五成群在公園的幾隅，下棋、運動、話家常。我選公園中央的圓形滑冰練習場，將三輪車停在圍欄旁，把陳架搬至場中伸展。我將鳥籠一一掛在架上。隔著帷幕，牠們彷彿感受到即將到來的演出，便開始參差的練習，輕聲地哼著歌……

……我的技藝是什麼呢？

我稱之為一種「操鳥術」：我即是鳥；鳥亦是我。很多圍觀者自作聰明的臆測，認為那是一種腹語術、一種障眼法……當然不是！越持有此想法的觀眾，越容易被吸引！表演結束後，更是嘖嘖稱奇！

哪？我的技藝是什麼？欲知詳情，只能明日請早了喔！

老人再用黑布覆蓋吵鬧的籠子；它們一一安靜下來；搬出練習場邊停置的三輪車後座上。我從帷幕中感受到彼此顛簸的存在。我們正寂靜地被運往某處。外面天色炫目，暖意撫面。老人騎著三輪車，在巷弄間迂迴擾了幾許……

我們回家了？

不，今天不！今天表演完，我騎車多繞了幾圈。我騎往公園附近的墓園，遙祭一位老朋友，直至傍晚。車子就先隨性地停這兒吧……現在，我只想靜靜地徒步，走往前面那一間酒吧裡……

當我世界進入妳的城市

當世界進入城市，
會是什麼樣子？

有時，抬頭仰望天空弧頂，
更能倒映一整座方圓；
逆轉的波光　琉璃似的風。
在地凝望的距離，
一段神話的長度。

起初，我生一雙雪白的翅膀躍起，
朝著水藍色城市直直的墜入……
一切顛倒得太快！
失衡的方向將羽翼摘折，
如雪　被撒滿地。
身體如羽毛也重擊水泥。

當世界進入城市，
會是什麼樣子？
這個問題很弔詭……
有時四眼對望，
看見的不是彼此
原本的面容……
是一個個屬自己的角色；
卑劣又可親的！

當世界乍入城市，
此刻、此地，
究竟是我　世界？
抑或是妳
城市？
往瞳孔　返下視丘；
錯綜複雜的巷道，
而每個轉身　萬花鏡似的
畫面片片。
當你委身世界……

遊走的靈魂是容易痙攣
的煙；
或興奮或微弱的顫抖；
當妳身處城市……
一味啜飲　用酒杯
盛滿的情慾，
祈求治癒憂鬱的療效。

當世界進入了城市
會是什麼樣子呢？
一道流星擦過了夜
點亮了整座慶典：
搖滾、爵士、交響樂
藍調、騷莎、巴沙諾瓦；
一曲話語、一首呢喃、
一舞步履；
現實是座陌生的城；
聲音是妳
注入的魂。

當世界進入城市
當我進入了妳⋯⋯
一次又一次的進入，
我更人性
妳也更神性
的隱沒於
每個人群的轉身。
每個酒館；
每個旅舍；
每個痙攣的日與夜；
每個擦身過往的風；
每個佇足
等待的人縫；
什麼成為搜尋妳的線索？
嘴角上揚的唇、
通往另一國度　黝黑
的眼神。

我的技藝

幼年的我輕易的
懂得那些技藝；
關於疊字、誇飾與倒裝。
然後透過設問，
徬徨少年的我
學習映襯、雙關與示現。
在悲憤的青年時期，
錯綜、層遞與排比，
我悟出了象徵與譬喻。
那時　妳
出現了……
我把一字改為飛；
冰冷的地轉變暖棉的天。
我們飛！
大步　大步的
飛！

中年的我　轉品；
開始鑽研字的借代與鑲嵌。
我的言語正簡略，
卻許多了表情。
那時未曾販售
我的技藝，
因為我　觀眾只有妳
太多字太多因妳深刻的詩
成就我生命
輝煌時期

我們之間自然地形成
第四面牆
妳在彼方席間窺視
我賣力的演飾
雖然眼前
妳身形漸漸淡出
卻未消逝
因為有

太多字太多
因妳深刻
的詩

直到我把儀式也轉品；
我開始出賣技藝。
儀式是詩
儀式是戲
儀式使現實主義通往神祕
將販賣成為一種儀式
那麼　我的技藝
太多字太多
因妳深刻
的技藝

一起飛！
大步　大步的
飛！

妳是一段旅途

我們未曾有過真正的自由
生命一呱呱墜地
靈魂蜷曲
受困於肉身
我們透過眼神
讓壓抑的翅膀悄悄遠行

生離等同死別
妳的魂魄
沒入我的眼簾
自此，生與死
虛與實難以區別……
我試著擬物：
我是蟲
我以為妳是一棵樹……

我以為，妳是一幅侍女圖
我化為馬奈筆下的染料
酒吧印象裡的光影
描繪妳的每一筆觸
我以為妳是教堂裡駐足的聖母
我化為雨果敘述的鐘樓
一起見證佝僂的愛情

我發現，
妳是一段旅途
起始終點相交的輪迴路
我決定學習擬人
思念化為沉重步履
一步一步
砸進泥土

我們未曾有過真正的自由
言語構築一棟棟高樓觸摸天
誦讀圍起城市的天際線

視覺超越
閱覽超越
我們依然沒有
真正的自由

化為人吧
蟲與人的視覺
鳥與人的視覺
風與人的視覺
一起化為人吧
妳是一段漫長的旅途
腳步是風箏的線尾
視覺飛在天上俯瞰
佈滿記憶的肉體
濕暖的小屋
曲線的巷弄
蓊鬱的公園
相識的臍

儀式

「儀式，謂之人類一再重複相同的一套帶有象徵意涵的行為。」

〈畫圓〉

一條初始與終局重疊的路途
即使在起點便知曉最後一個音符
即使迂迴　也要盡情的
純粹　腳步乾淨且不偏不倚地
旋！
那是一種虔誠
圓以外人聲喧擾
圓內　安靜
的守護

〈路途〉

路途一再重複
早已化為一項儀式
深埋記憶裡蒙塵的地圖
儀式會喚醒一個象徵
地圖裡深刻的座標
愛人們的歡愉
無價之寶藏

〈人與鳥〉

關於人與鳥也是一種儀式
從鳥到人從人到鳥
那是關於一個
過程
我們都渴望飛躍
未知的彼岸

我們都渴望跨界
擺脫動物的軀殼
成為智者的形體
而智慧使我們趨向
回歸原始的初衷

那是關於一種儀式
人生寫成
關於另一種
慾望

〈賣藝〉

為什麼象徵？
透過已知的現實
模擬未知的想像
我象徵
實踐了不可觸的煙

公園裡的人群
畫了一個圓
我們行走各自的路途
於此佇足
我演藝你看戲
我們買賣
我們一起看見

奇蹟

女人與老人

我曾經看過一項技藝。在清晨的公園裡。一個老人表演的把戲；至今我仍分不清真假，也不知道從何時開始……

預測天應未亮，那老人已經在這塊圓型空地的中央擺設。那是一個偶然。我年輕時，常以車站的廳廊為家；公園的石椅為床。為了躲避飢餓，早早便進入夢鄉。時間彷彿迷煙，圈住了美麗的幻境。現實黎明的第一道陽光，卻把它攪散。虛實剎那間顯得曖昧。半夢半醒之際，清脆的鳥鳴如鉤也似的將我的視線挑起，然後從人縫間穿出……

我看見老人正在表演他的技藝……

賣藝老人：

「人有四種飛翔：

燕鷗暫留；向來只有逆境才能感受氣流

鷹鷲盤旋；順勢而昇準備放手一搏

白鷺滑翔；延展雙翼以優雅身姿畫過

烏鴉振翅；平凡的擾動也能御風

愛有四種飛翔：
將千萬脫落的羽翼　一支一支
綿密的針織　把城市給圍上
我的世界捲起風　妳飄飄然且欣欣然
我們的詩意暫留在天上。
傳說比翼共享一對翅膀
城市包容了世界　飛天振翅
化一座天堂」虛與實之間，剎那的曖昧竟那麼的俑長！半夢半醒的我，以為那表演的老人是我；那飛躍盤旋的——
是
我們。

後來，人群散了。幾個女人貓樣地留下來。

高貴典雅女人問：「你是誰？」
老人答：
「我是一名求道者；
求一純粹的智，
卻離純粹的妳遠……」

年輕女人問：「你是誰？」
老人答：
「我是一個超越者；
越不過妳、妳還有妳，
與妳們；儼然成形
一個巨大的母親！」

瞎眼女人問：「愛如何？」
老人答：
「一個聾子容易懂得愛，
一個啞子才懂得表達愛，
一個瞎子才懂得享受愛！」

衣衫不整女人問：「如何愛？」
老人答：
「沒有通曉愛的人！
除了死人……」

胖女人問：「愛如何？」
老人答：
「愛是一位母親，
總是嚴厲的施予
教訓　又狠狠
擁我入懷。」

醜女人問：「如何愛？」
老人答：
「願我視線成一隻鳥：
永遠在妳身委蛇或耳際佇足……」

年邁女人問：「為何來？」
老人答：
「一個冒險家最大的悲願：
除了妳心深處仍未至的山頭；
一路斬不完之荊棘
無盡的涯口。」

黑色長髮女人問：「你是誰？」

老人答：

「凱碧西。因妳飛翔的鳥……」

日漸當中，女人們也散去……

老人們收拾行囊，前往下一個旅程。

伍·潛入妳心解放的一種逸樂

酒吧

葉士賢 述

您好，這裡是本城市最著名的一座劇院夜總會；是一間餐館咖啡廳；是一幅畫家油畫；是一面鏡子；是你我解放靈魂的地方。

本店擁有偌大的表演空間：炫目雜技團的空中飛人、異域風情的舞者、磅礡聲勢的樂隊、氣宇軒昂的歌者……所有的歡愉、逸樂，赤裸的匯聚一堂。當您進入本店之時，這裡猶如一塊空白畫布，任憑客人揮灑放肆想像。

人的印象哪！重於描繪自然的剎那景致，使一瞬成為永恆；而男人哪！善於用科學說理，根據觀察和直接感受表現微妙的色彩變化。所以，這裡時而溢出水波般的流光，時而噴出灰濛的迷煙……那些什麼顯微鏡下刻畫的技法，在這裡只是顏色調和與筆觸交織。盡情放肆吧！誰說人不能有翅膀流入這歡愉的氛圍？盡情放肆吧！誰說眼睛不能聆聽音符，然後用手足歌唱？

各位貴賓，本店最著名的是酒吧。當您從正門進入，走下用紅毯鋪成的高階，這凹陷的大廳使得原本就挑高的屋樑穿越於天際。金雕的柱子圖騰般觸摸天。天頂中心垂降巨大的水晶燈飾，七彩光譜使您的雙眼微醺。酒吧位於這富麗堂皇的深淵中央，如同豢養神祇的石棺，即便是高貴的君王於此，也必須朝聖。

女人被圈養在酒吧裡……寂寞，必須用卑劣柵欄將被稱之為美艷的給圍住，迷濛的目光讓乞丐成為君王。在酒吧裡，她是怠惰的女侍、抑鬱的酒陪，任何的歡樂彷彿與她無關，卻用手靈巧的調製一杯一杯忘情的酒水。在您微醺的眼中，她是脫俗的女神。

親愛的貴賓，一切享受，任憑您放肆的想像。想像我引領您進入一座神廟，在挑高的大殿內，女巫唸誦著神諭。然後我們在石棺前哭泣、告解，並啜飲美酒，最後，我們一起讚頌；我們一起歌詠；一起蛻去面具，解開衣裳。

現在，我們都赤裸地，只有愛。

走音女伶

女伶・林禹瑄

話說完了　燈關好了……
舞台上　一個人　戲還演著
誰脫了殼　誰假裝深刻
誰離開了座椅　各自曲折

故事停了　你還聽著
舞台下　一個人　戲還演著
誰留下來　誰失去對白
誰找到了位置　開始相愛

看著你變老　看著你死掉
穿你的鞋子　偷走你的鑰匙
唱一首歌　只重複你最愛的句子
「無聊或者一輩子」

看著你跳舞　看著你哭
畫你的影子　吃掉你的腳趾
唱一首歌　只重複你最愛的句子
「無聊或者一輩子」

風兒來時我們輕輕搖

老婦・龍青

如果可以
我想讓時光停留在這裡
屋前靜靜的河
院子裡高高的樹
飛過天空的鳥們和
枝上跳躍的松鼠

我是你的影子
你是我的故事
河岸邊，水流和火焰
跳著同一支舞

但日子就這樣老了
時光在岸邊
一棵一棵長成空心樹
你說不打擾

我說不吵鬧
風兒來的時候我們輕輕搖

臉貼著土地，土裡沒有自己
臉貼著你，你的胸腔沒有聲音
老了，老了
時光在岸邊轉圈
你說不打擾
我說不吵鬧
風兒來的時候我們輕輕搖

癮癮作痛

癮者・馮瑀珊

沒有痛苦就沒有永恆
生命是最偉大的刺青師
在靈魂留下措手不及的印記

我愛起伏
我愛生命高潮迭起的
挫折和恐懼
我愛那些癮癮作痛的故事
當一切都是彷彿
生活便躺了下來
張開毛細孔計算開闔的
次數，然後水平
傾斜成垂直的疤痕

看見自己正裸身跳舞
透過一管針劑窺探影子的豹變

痛楚不停哀歌也不停
美麗的妝飾要留下

那麼繼續吧
繼續迷幻繼續搖頭
繼續愛繼續救贖
在末日來臨之前
還有時間要賴

靈感

小說家・蘇家立

即使窗邊的牽牛是紅的。
我的鋼筆插在妳胸膛
如果太用力對它說話
它會像孩子般大哭
把白色洋裝染成一片蒼藍
但我的手指長年溺水
害怕獨自游泳

倘若口袋中的硬幣沒了頭顱。
我的靈感沉在酒杯裡
一口調入風塵的馬丁尼
也許能叫醒半醉的夜空
別讓星群撕裂著月亮
把她的碎片塞進我的指甲縫

儘管路燈亮起來像空白的日記。
我的欲望跟著霓虹招牌奔跑
妳把鋼筆插回我的瞳孔
用食指摩擦無色的嘴唇
讓流出的唾液弄濕稿子
我每晚都要穿著它們狂飲
在妳還是個故事之前
在妳還想開花之前
就算乾涸的淚痕是灰色的。

戲院前的乞丐・良

乞

少了玫瑰　多了不美
少了鑽戒　多了後悔
少了黑夜　多了膽怯
我　我我

少了關心　需要人陪
少了自信　不要智慧
最美好的演員　謝謝再流淚

我是誰的誰　誰扮誰當鬼
街走過落葉　風無力留戀
我是王子的玫瑰　玻璃中嬌貴

不需誰安慰　誰取代了誰
肋骨再破碎　造另一片幻滅

無盡飢餓　無盡貪求
輪迴的愛戀

一字一吻一朵玫瑰
一躲一抱一句再見
一次離別一個新願
手心向下換手再牽

我是貧窮的導師　欲望來增歲

飢餓最虔誠　遠方最難過
明天最徬徨　現在各種悔
重複失與捨的磨練
才能夠純粹

稀釋

畫家・宵

最愛的顏色　淚水輕輕刷下了
陽光折射過的你　越來越透明
時間的兩端　回憶遙控著你我
傷痕何時走得出

我把夢稀釋　把你的夢也稀釋
過去不再纏繞我　也不再為你所苦
很難忘　很難捨　你遺留的
傷害傷痕傷心　我都收著　恨過就沒了

沒有不能過的痛　回憶也能被稀釋
時間的顏色從此不再有你給的痛
淚仍然持續流　你的臉依舊清晰
我會醒來走出去

我把夢稀釋　把你的夢也稀釋
過去不再纏繞我　也不再為你所苦
很難忘　很難捨　你遺留的
傷害傷痕傷心　我都收著　恨過就沒了
我把夢稀釋　把你的夢也稀釋
過去不再纏繞我　也不再為你所苦
很難忘　很難捨　你遺留的
傷害傷痕傷心　我都收著　恨過就沒了

傷口

寡婦・坦雅

在一個月亮罷工的夜晚
我站在傷口用意志鑿光
有一股奇異的力量穿透寂靜
觸摸世界的心臟

我聽見悲傷的節奏
從體內向屋外擴散
樹影搖晃，風倒懸希望
石頭以永恆的姿態激怒河川

對我來說，你無處不在
卻觸摸不到熟悉的溫暖
我知道愛是生命的勳章
顫抖的肩膀卻配戴冰涼

感覺毀滅的手逐漸逼近
瘋狂的波光燦爛輝煌
感覺完整的圓被剖成兩半
時間主宰劇情而我依然慌亂

於是我信仰漂流，練習遺忘
放逐情感隨你的魂魄在宇宙晃蕩
星星遙遠，點亮我的絕望
在痛苦的最深處誕生烏托邦

在全然的擁抱裡

聖母・十三

找一個沒有春天的夜晚
給它一對翅膀
找一個下著雨的城市
給它陽光
找一顆騷動不安的心
送它一朵玫瑰
找一個失去愛的靈魂
給它一望無際的麥田

你是不會停止流動的風
而我在這裡
是光輝也是黑暗
是蓮花也是汙泥
我在這裡
在你全然的擁抱裡

沒有人會失去天真
沒有人可以傷害另一個人
有一個更深的傷口
就有一片更寬廣的溫柔
有一道被封閉的門
就有一扇能看得更遠的窗
愈是成為影子
你便愈加明亮

我們是不會停止流動的河
在你的呼吸
我放進虔誠的氣息
因為愛你
我讓你自由
因為愛你
我是自由的

我一直在這裡
在你全然的擁抱裡。

沒有主義

娼婦・丁威仁

男人們，快來與我一同縫合
膨脹的慾望，關於下襬的
係數，我是純粹的肉身
無關乎什麼結構，別再質疑我的
詠嘆充滿父權，在慾望的
海洋裡，沒有主義

男孩們，我是水，只有我能澆熄
你們下腹的火，這世界的
愛情，只需要一夜，就能夠
讓一株嫩芽長成大樹
我是水，是召喚靈性的梅杜莎
帶領你們進入我的潘朵拉
沒有主義

男人們，這世界並不悲慘
脫了褲子都一個模樣，長短不拘
我是救贖的女神，別再質疑
請把憂傷以及憤怒都留在
裡面，那是一個海上
的天堂，沒有主義

男孩們，我是啟蒙者，你們朝思暮想
的風景停在我的身體，那熟成的
胸脯，還有哺育你們誕生的
祕密通道，快來吧，讓我用吻
教導你們愛的歡愉和倫理
沒有主義

男人們，我是貝類，擁有愛情的
吸盤，我那鮮豔的唇，試過
就會變成主顧。我是娼婦
不是被施捨的乞者，請別懷疑
我的誠實，在日常的工時

我就是短暫的
神，沒有
主義

霾

情婦・ZY

我不淫蕩只是愛
只是愛蓮的水缸
在十五的暗夜等待
無暈的滿月無韻地來
我不放浪只是愛
只是愛在暗暝的模糊地帶
汩汩地流著透明的泉
我是古老的井仰望
陳舊井垣圈出的夜
我不黏稠我只是湧動的霾

自畫像

旅人・楊海

灰色的城市
藍色的旅人
寂寞是張自畫像
永遠只有一個人

妳是霧做的
霧是水做的
迷宮、迷宮、迷宮
一朵雲呀飄過上空

女孩妳是一朵
開在雨天的花
不是她們的錯
也不是雨的錯

星星零零散散
畫出妳的輪廓
我一個人在遠方
告訴她妳的寂寞

灰色的城市
藍色的旅人
寂寞是張自畫像
永遠只有一個人

永遠需要另一個
畫出妳寂寞的人

魔鬼之歌

魔鬼・黑俠

晴天醞釀雨的遠方
飽滿的青春摩擦夏天的體溫
猶憶起碧波春曉
鷺鷥點點
恰似紅塵前世
輕舟兩行

我憶起那天大雨，倩影彎身
好看的酒窩眉間輕佻
鶯鶯的細語
我們盡興飛翔擁抱淋漓
沒來得及問妳裝了什麼迷藥
擱在門邊那把老傘
唐詩宋詞的春夏秋冬
妳忘了什麼沉淪了什麼
回憶老樹前的傷鴉是我的哀愁

夜夜輪迴，妳留下一池嫵媚
隨風閃逝如流螢

讓我擁抱妳如擁抱千萬幻象
我的長影如風沒有獠牙
等妳靠近，再靠近
讓我痴纏
讓我像沙粒傾吐妳回憶裡的晚潮

可不可以

賣藝老人・葉士賢

我技藝是飛翔　飛過夢千里
我技藝是言語　說盡人生理
我技藝已老態
我技藝已販賣
緩慢音符躍不過　山巒般的愛
交織曲目網不住　數不盡塵埃

一條路多生疏　港岸公園酒館墳墓
一段情多清楚　鐵門牢籠煙霧帷幕
可不可以　讓我視線成一隻鳥
永遠在妳身體委蛇
永遠在妳耳際佇足
可不可以讓我　參與妳的冒險
一路斬不完的荊棘　無盡涯口

妳存在是祈願　巨大的母
妳存在是想妄　漫長亙古
妳存在已入土
妳存在已成為女巫
從冷冷水泥爬出　成群屍骨
引暖暖屬靈進行　儀式的舞

一條路多生疏　港岸公園酒館墳墓
一段情多清楚　鐵門牢籠煙霧帷幕
可不可以　讓愛生一雙翅膀
將我們的距離折曲　帶往天堂
可不可以　讓愛生一雙臂膀
將我倆早衰心靈扶持　直至遠方
可不可以　讓愛的羽翼灑落
城市每個傷傴　都有燙過的痕跡
可不可以讓愛　牽著手
我們的足印更輕盈　圍繞著圖形
可不可以讓愛　撫慰妳的華髮
可不可以讓愛　潤滑我的舌

可不可以　讓愛充滿
我們寂寞的軀殼　可不可以　可不可以
可不可以　可不可以　可不可以
可不可以
可以　不可以
可以不？
可以。

賭徒搖籃曲

賭徒・廖之韻

親愛的親愛的你
妄想的世界，沉淪的月
丟下一個籌碼換我不眠的夜
輪盤轉過一圈又一圈
停在你的唇邊
用我的吻交換古老的誓言
讓瞬間成為永遠

親愛的親愛的你
妄想的世界，沉淪的月
迷失於被愛包圍的回憶
我願意放棄一切

失去天真，更為勇敢
失去勇敢，更為真實

失去了，不害怕
翻個身又是或然率開始的明天

親愛的親愛的你
月色太美，瘋狂世界
用你的咒語讓我做個好夢
直到天明再定一次輸贏
為了這親愛的思念的夜

陸・尾聲

記得我曾是一隻鳥，尖喙燙一抹紅光；臂膀生滿輕盈雲彩。

在羽翼豐碩之前，世界是片海；我是破碎島嶼中的一顆顛簸零星。周圍顏色盡灰濛的……

那時還不懂翱翔，陶醉於野稚們的跳躍。後來，遇見女巫；像白鴿般溫柔地……

當我顫抖的眼初次凝視她，甘願徹夜長跪……

直到她細語：你叫什麼名字？我？

凱碧西。

……她捧住我。

我　振翅飛翔！

摘自【島嶼山海經·神話】／火

十三名集體創作詩人簡介

葉士賢　現任台北五星飯店餐廳經理。超過18年餐飲資歷的日常；只在深夜讀詩、寫詩。《島嶼山海經》發起人兼打雜總編，《壹詩歌Ⅰ、Ⅱ》編輯，作品散見各網路與詩刊。期許自己只是永遠的新詩推廣者；像個蝙蝠俠。

黑　俠　詩人。曾獲：國軍文藝金像獎、乾坤詩獎等。著有《甜蜜的死亡》。

龍　青　《青年日報》專欄作家。曾獲：新聞局長篇劇本首獎。著有《有雪肆掠》。

坦　雅　東吳中文系畢。現居美東。專職寫作。曾獲：創世紀六十年詩獎。著有詩集《謎》、散文集《身體住著一個小女孩》等書。

馮瑀珊　國立中興大學中國文學系碩士生，南華大學文學系、哲學與生命教育學系雙學士。現任國文通文學創意經理，以及喜菡文學網召集人，文學獎評審等。曾獲中華民國新詩學會頒發2010年全國優秀青年詩人獎、南華文學獎、夢花文學獎及新北市文學獎等。著有詩集《茱萸結》，短篇小說集《女身上帝》及多部商業書寫。

丁威仁　國立新竹教育大學中文系副教授。島讀文化學社理事長。出版《小詩三百首》等書籍近十冊，曾獲聯合報文學獎、教育部文藝創作獎、吳濁流文藝獎、全國優秀青年詩人獎等，獲獎無數。

蘇家立　曾獲：第一屆台灣詩學詩獎優選、創世紀60周年詩獎等。著有《向一根半透明的電線桿祈雪》等書。

臨　宵　教授繪畫；以詩自娛。

林禹瑄　曾獲：時報文學獎、台積電青年學生文學獎等。著有詩集《夜光拼圖》等。

楊　海　字 樂山，台灣島人。26歲開始讀詩、寫詩。

十　三　本名：黃春華。任職出版社編輯。身心靈相關書籍譯作二十餘本。

Z　Y　本名：林章旭。波士頓西蒙斯學院財務教授。喜菡文學網詩版總版主。

良　喜菡文學網蔓延文學版主。曾獲愛詩網徵文詩獎等。

音樂工作人員名單

☆1．**走音女伶** Fallen Diva / ISRC: TWI851604001

詩：林禹瑄／曲：李昀陵
編　曲：INN＋singinglynn@ INN Studio
錄　音：Old Piano——李昀陵@ Join music station
Vocal——李士先@ We Are Music Studio
混　音：INN＋singinglynn@ INN Studio
混音後製：李士先@ 華傲錄音室 We Are Music Studio
製作人：李昀陵singinglynn

☆2．**風兒來時我們輕輕搖** Swaying in the Wind / ISRC: TWI851604002

詩：龍青／曲：李昀陵
編　曲：INN＋singinglynn@ INN Studio
男　聲：周逸
女　聲：李昀陵
口風琴：李昀陵
錄　音：周逸@ INN Studio
演　唱：李昀陵
和　聲：李昀陵
錄　音：李士先@ 華傲錄音室 We Are Music Studio
混　音：INN＋singinglynn@ INN Studio
混音後製：李士先@ We Are Music Studio
製作人：李昀陵singinglynn

☆3．**賭徒搖籃曲** Gamblers' Lullaby / ISRC: TWI851604003

詩：廖之韻／曲：李昀陵
編　曲：INN＋singinglynn@ INN Studio
演　唱：李昀陵
和　聲：李昀陵
錄　音：李士先@ 華傲錄音室 We Are Music Studio
混　音：INN＋singinglynn@ INN Studio
混音後製：李士先@ We Are Music Studio
製作人：李昀陵singinglynn

讀詩人72　PG1475

島嶼山海經　城音

主　　編　葉士賢
音樂製作　李昀陵
責任編輯　黃姣潔、辛秉學
圖文排版　楊家齊
封面設計　陳雯俐

文字出版策劃　釀出版、葉士賢
音樂出版策劃　串音有限公司、李昀陵
音樂版權代理　武藝音樂、王幼玲

製作發行　秀威資訊科技股份有限公司
114 台北市內湖區瑞光路76巷65號1樓
電話：+886-2-2796-3638　傳真：+886-2-2796-1377
服務信箱：service@showwe.com.tw
http://www.showwe.com.tw
郵政劃撥　19563868　戶名：秀威資訊科技股份有限公司
展售門市　國家書店【松江門市】
104 台北市中山區松江路209號1樓
電話：+886-2-2518-0207　傳真：+886-2-2518-0778
網路訂購　秀威網路書店：http://www.bodbooks.com.tw
國家網路書店：http://www.govbooks.com.tw
法律顧問　毛國樑　律師
總 經 銷　聯合發行股份有限公司
231新北市新店區寶橋路235巷6弄6號4F
電話：+886-2-2917-8022　傳真：+886-2-2915-6275

出版日期　2016年6月　BOD一版
定　　價　500元

國家圖書館出版品預行編目

島嶼山海經：城音 / 葉士賢主編. -- 一版. --
臺北市：釀出版, 2016.06
面； 公分
BOD版
ISBN 978-986-445-117-3(平裝附光碟片)

831.86 105008098

讀者回函卡

感謝您購買本書，為提升服務品質，請填妥以下資料，將讀者回函卡直接寄回或傳真本公司，收到您的寶貴意見後，我們會收藏記錄及檢討，謝謝！如您需要了解本公司最新出版書目、購書優惠或企劃活動，歡迎您上網查詢或下載相關資料：http:// www.showwe.com.tw

您購買的書名：________________________________

出生日期：________年________月________日

學歷：□高中（含）以下　□大專　□研究所（含）以上

職業：□製造業　□金融業　□資訊業　□軍警　□傳播業　□自由業

□服務業　□公務員　□教職　□學生　□家管　□其它______

購書地點：□網路書店　□實體書店　□書展　□郵購　□贈閱　□其他

您從何得知本書的消息？

□網路書店　□實體書店　□網路搜尋　□電子報　□書訊　□雜誌

□傳播媒體　□親友推薦　□網站推薦　□部落格　□其他__________

您對本書的評價：（請填代號　1.非常滿意　2.滿意　3.尚可　4.再改進）

封面設計____　版面編排____　內容____　文／譯筆____　價格____

讀完書後您覺得：

□很有收穫　□有收穫　□收穫不多　□沒收穫

對我們的建議：________________________________

____

____

____

請貼
郵票

11466
台北市內湖區瑞光路 76 巷 65 號 1 樓
秀威資訊科技股份有限公司 收
BOD 數位出版事業部

(請沿線對折寄回，謝謝！)

姓　名：＿＿＿＿＿＿＿＿ 年齡：＿＿＿＿ 性別：□女 □男

郵遞區號：□□□□□

地　址：＿＿＿＿＿＿＿＿＿＿＿＿＿＿＿＿

聯絡電話：(日)＿＿＿＿＿＿＿＿＿＿ (夜)＿＿＿＿＿＿＿＿＿＿

E-mail：＿＿＿＿＿＿＿＿＿＿＿＿＿＿＿＿